# 荒島漂流

Robinson Crusoe

# 目錄

## 文明

# 編者的話

你喜歡閱讀嗎？我們為何要閱讀？閱讀能帶給我們什麼？閉上眼睛，靜心會神，想一想！

目川認為：閱讀文字可以讓大腦產生一連串的聯想，自由豐富的想像，將字句片段轉化成專屬畫面躍然飛翔，從心出發徜徉文字海，悸動如浪，層層疊疊激起波瀾。閱讀不僅僅是文字的瀏覽，當下心情的投射透過字裡行間的轉折迴盪，帶領我們心遊神往。如果世上真有時光機，那定是永垂不朽的名著流傳！台灣知名出版人郝明義先生就曾這麼比方：「當代作品提供給人們的是可以直接使用的財富來源，而經典是個存摺，它提供給我們不是馬上使用的鈔票，它可能是個金元寶或金錠子，雖然需要多一道手續提取，卻有著不可替代的價值。」

在這個資訊爆炸的時代，每隔幾天就有新的「迷因」（註）竄起，流行語和商業作品總是攻城掠地般的快速攻佔我們的雙眼、佔據我們的腦容量，快速而方便的速食文

章，讓我們暫停在接收端。讀字、咀嚼文意、內化涵養，種種閱讀帶給我們的成長，似乎正在消逝滅亡。所以目川鼓勵孩子閱讀名著，名著是經過時間沉澱後的菁華，是前人的智慧與情感，是永遠探索不完的寶藏。透過文字世代相傳，如果孩子能夠讀得懂、看得透，那便是接續了文化傳承的交棒，一代又一代的孩子，帶著閱讀名著種下的美好，邁步前行追尋屬於自己的詩和遠方。

在做這本【世紀名家：荒島漂流】時，讓我最先想到野外求生的節目，看著主持人與攝影師被拋下飛機，兩人在極端的環境生存，並在規定的時間內橫跨森林、沼澤、極地，面臨各式各樣挑戰，高空垂降、穿越湍急的河流、攀岩、時不時還要留意野生動物的威脅，旅途中身體突來受傷，在經歷重重困難後，到達指定的撤退地點。而節目中高潮就是「吃飯」，由於節目是不允許帶食物的，於是，吃野生動物的殘羹剩飯、生肉、以及平常沒機會吃到的「天然珍饈」，都是節目中的家常便飯，當看到主持人的神奇操作，無所不用其極才能得以生存，令當時看節目的我大受震撼。也讓我想到，臺灣這幾年也興起戶外活動，露營、潛水、登山，越來越多人往山林走去，在先進的露營設備下，使用科技力量在野外也能保持優雅與從容，在相對安全的環境，享受大自然美景。

回到這本書，我們帶你發現大自然的殘酷，老天爺無情的風雨，讓你為了下一餐，就耗盡全身精力，食人族的威脅，讓你膽戰心驚，在深夜獨自承受著寂寥。也從一開始的荒蠻與絕望中，體會文明的價值，跟著目川一同體會文明與原始的對比，也給我們希望與永不放棄的信念，了解到僅憑對文明世界的記憶，是有重建人類文明的能力。

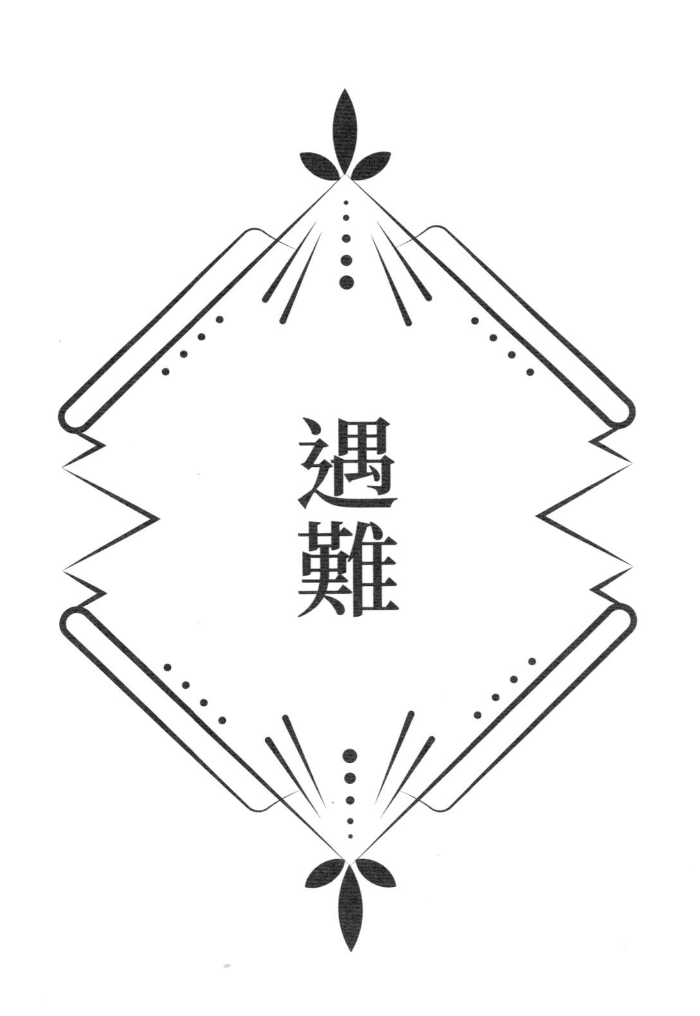

# 遇難

# 第一章　叛逆之心——揚帆

我出生在英格蘭北部約克市一個上流社會的家庭。父親是德國不來梅市人，他移居英國後，先住在赫爾市，經商發達後再遷至約克市定居，並娶了我的母親。母親娘家是當地的名門望族，姓氏為魯賓遜，父母因而給我取名為魯賓遜·克羅伊茨內。由於英國人將「克羅伊茨內」這個德國姓氏發音為「克魯索」，所以我的朋友們都叫我克魯索。

我有兩位兄長，大哥是英國步兵團的中校，但是他在與西班牙人的戰鬥中殉難了；至於二哥的下落，我們至今仍一無所知。因為我是家中的么兒，所以父母對我非常疼愛。他們讓我接受良好的教育，甚至還送我去寄宿學校就讀，一心一意要我學習法律。但我對這一切都不感興趣，一心只想航海。

父親是個十分有智慧且行事謹慎的人，他對我的意圖心知肚明，所以時常給予我嚴正有益的忠告。某天早晨，他把我叫進他的房間，循循善誘地問我，撇除遨遊四海的慾望外，我究竟有什麼理由需要離鄉背井、飄洋過海呢？畢竟一般出海冒險的人，不是因為窮得身無分文想要圖得溫飽，就是汲汲於名利雙收。但以我的家庭出身而言，我既不

必像低層的窮人那樣因終日操勞而憔悴不堪，也無須像上層人物那般因野心勃勃而心力交瘁。據他長年的經驗判斷，只有位於中間階層的我們可以風平浪靜度過一生，是最幸福的人。

「孩子，請安分地留在家裡。我會為你安排好一切，再加上你自身勤奮努力，將來絕對可以過上安穩的生活。請不要再想離家遠遊吧！」父親誠摯、慈愛地勸我不要孩子氣，他還說：「我已經能預見，你若出海遠航必然會給自己帶來苦難，所以請不要自討苦吃了。否則，將來如果遭遇不幸，就別責怪父母放任你為所欲為。想想你的大哥吧！有他這個前車之鑑，你應該能想明白才對。若你執意要做這種蠢事，將來求救無門的時候，一定會後悔自己沒有聽從我的忠告。」

父親老淚縱橫地說著這些話，尤其是提到大哥的時候，更是泣不成聲。父親也曾經同樣懇切地規勸過大哥，但大哥並沒有聽從他的勸告。當時大哥年輕氣盛、血氣方剛，執意前去部隊服役，結果卻在戰場上葬送了生命。

此次的談話讓我深受感動，於是決定不再想出海的事。可是沒過幾天，我就把自己的決定拋到九霄雲外。為了不讓父親再苦苦相勸，我轉而尋求母親的認同。我對她說：「我想出去見見世面，除此之外，我不想做任何事情。希望您能說服父親，讓他

答應我，可以出海一次，否則，我可能隨時都會離家出走！只要父親能答應讓我出海一次，萬一後來我發現自己沒有想像中那麼喜歡航海，返鄉後我絕對會加倍努力去彌補被浪費掉的時間。」

母親聽了我的話之後大發脾氣，當場拒絕了我的請求。她說：「無論是你父親，或是我，都不會同意你出海遠航的。在你父親苦口婆心、語重心長的勸說下，你竟仍想拋下父母離鄉遠遊，實在令人難以理解！」

然而一意孤行的我，仍舊不斷嘗試違抗父命，甚至完全不顧母親的勸阻。而我這種執拗的天性，似乎註定了未來不幸的命運。一年之後，在一次因緣際會下，我終於還是離家出走了。

有一天，我偶然來到赫爾市，在那裡遇到了一個朋友。朋友說他即將搭上他父親的船出航去倫敦，並慫恿我和他同行。最後，我在沒有和父母商量、也沒有告知的情況下，就直接登上了這艘開往倫敦的船。那天是一六五一年九月一日。

豈料，我們的船一駛出恒比爾河，海上就刮起了大風，海浪翻騰，非常嚇人。由於我首次出航即面臨這樣的狀況，除了我的胃像翻江倒海般難受，心裡亦感到無比驚恐。此時，我對自己的任性妄為感到後悔不已。父親的忠言、母親的勸告不斷湧入我的腦海

中。我不禁責備自己：沒想到我尚未克盡人子孝道，老天這麼快就要來懲罰我了。

風暴越來越猛烈，海面波濤洶湧，滔天的巨浪隨時會將我們吞沒。每當我們的船跌入浪渦時，我都不禁擔心我們隨時會翻船，然後就此長眠在海底深處萬劫不復。在這種惶恐不安的情緒下，我一次次地發誓：「如果我能在這次航行中保住性命，我發誓今生今世再也不乘船出海了。我會立刻返家，回到父母身邊，就像一個真正回頭的浪子，再也不自尋煩惱了。」

第二天風暴一過，大海變得風平浪靜、水波不興。我不再暈船，整個人瞬間神清氣爽，腦中紛亂的思緒也隨之一掃而光，害怕被大海吞噬的恐懼更是消失殆盡，這時航海的決心又重新湧上心頭。那位慫恿我上船的朋友唯恐我真的決心不再航海，就來看望我，並跟我說只要船隻穩固，這種風浪真的不值一提，後來更把我拉去喝得酩酊大醉。在這樣的情況下，在危難中發下的誓言全被我拋諸腦後。或許是上帝看我不知悔改，所以安排了更為凶險的災禍在前方等著我。

出海的第六天，我們到達了雅茅斯錨地。大風暴過後，儘管天氣晴朗，卻一直刮著逆風，因此我們的船只好在此地停泊。無奈，停了四、五天之後，風勢不減反增。到了第八天早晨，風勢變得愈加猛烈，海面上甚至捲起狂瀾，好幾次我們都以為船錨可能脫

離，只好在船頭再拋下兩個備用錨。

我走出艙房往外一看，發現海上的滔天巨浪每隔幾分鐘就會朝我們撲來。原本停泊在我們附近的兩艘船因為載貨重，已經將船側的桅杆砍掉；另一艘停在我們前面約一海里的船則早已沉沒。另外，還有兩、三艘小船被狂風刮得只剩下角帆，從我們旁邊飛馳而過，漂向外海。

到了傍晚，大副和水手長不得不砍掉前桅和主桅，否則船就會沉沒。如此一來，整艘船就只剩下一個空蕩蕩的甲板了。船長和水手們罕見地開始祈禱了起來。

「船底漏水了！」一名水手急匆匆地跑上來說。

「底艙已經進水四英尺深！」另一個水手跑上來說。於是，船上所有的人都被叫去抽水了。聽到這個消息，我感覺自己的心臟好像突然停止了跳動。為了不讓船沉沒，我聽從別人的建議來到抽水機旁，十分賣力地和大家一起幫忙。

雖然我們毫不停歇地持續抽水，但底艙的水卻越來越多，顯然我們的船過不久就會沉沒，船長只得不斷地鳴槍求救。我當時還不知道為什麼要鳴槍，所以聽到槍聲時大吃一驚，以為船底破了，或是發生了什麼可怕的事情。這時，有一艘載重較輕的船順風從我們面前經過，並冒險放下一艘小艇來救我們。小艇上的人冒著極大的危險才

靠近我們的大船，他們幾經努力才抓住我們拋下的一根帶有浮筒的繩子，讓我們順利垂降登上小艇。所有人都很清楚在風雨飄搖中，我們很難划到解救我們的大船邊，所以大家達成共識後，便努力地向岸邊划去。小艇就這樣一邊靠著我們手划的動力，一邊隨波逐流地向北方的岸邊靠近。

我們離開自家大船不到一刻鐘，就看到它沉入了大海。此刻的我幾乎萬念俱灰，內心充滿恐懼。眼前處境危險，我們奮力朝岸邊划去。當小艇被衝上浪尖時，我們已能看到海岸，並看見岸上有許多人奔來跑去，似乎想等我們的小艇靠岸時伸出援手。可是小艇前進的速度極為緩慢，好不容易費了九牛二虎之力，我們才終於安全靠岸。

我們這些落難的人全獲得當地人熱心的款待，他們不但妥善安置我們的住宿，還為我們籌足旅費。我們可以按自己的意願去倫敦或回赫爾，但我內心一股不可抗拒的力量，迫使我不思悔改，明知大禍臨頭，卻仍舊飛蛾撲火。有好幾次，在我頭腦冷靜時，理智也曾向我大聲疾呼，要我回家。但我沒有聽從理智的聲音，沒有從初次航海所遭遇的兩次災難中記取教訓。

我朋友的父親也是大船的船長，嚴肅卻充滿關切地與我長談了一番：「年輕人，不要再航海了。這次災難是個凶兆，說明你不適合當一個水手，老天爺已經給你嘗了點苦

頭。請不要再一意孤行，回到你父母的身邊去吧！」

他反覆敦促我回到父母親的身邊，不要再惹怒老天爺，以免毀掉自己的大好年華。我對他的話不置可否，很快便和他分道揚鑣，從此也沒有再見過他。不久後，我決定經由陸路前往倫敦。途中，我內心不斷掙扎：要回家，還是繼續去航海？

一想到回家，便想到回去後將面臨街坊鄰居們的譏笑，一種厭惡感頓時油然而生，更何況我自己也無顏面對雙親，所以內心非常矛盾，不知該何去何從。過了一段時間後，我對於海上災難的記憶逐漸淡忘，回家的念頭也就日漸淡薄，最後竟完全把這個想法拋到九霄雲外。就這樣，我又重新嚮往起航海的生活了。

在倫敦，我認識了一位船長。他曾經去過非洲幾內亞沿岸，並在那裡做了一筆不錯的生意，所以決定再去一趟。他聽說我想出海見見世面，便答應讓我免費搭船同行。如果我想順便帶些貨去做生意，他也會告訴我帶什麼獲利最好。

我上了他的船，並且帶了一些貨物。這一趟，我賺了一筆不小的錢。因為我聽了他的話，帶著一批玩具和其他小玩意兒去賣。可以說，這是我這輩子冒險活動中唯一成功的一次航行。

在那位正直無私的船長的指導下，我學會了一些航海的知識和方法，也學會了記錄

航海日誌和觀察天文，而這些都是做水手該具備的基本常識。這次航行，使我既成了水手，又成了商人。回到倫敦後，我帶回的五磅零九盎司金沙，讓我賺了大約三百英鎊。

不幸的是，那位船長回倫敦後不久就過世了，而原本的大副則當上了船長。儘管如此，我還是決定踏上同一艘船，再去幾內亞一趟。這次，我只帶了價值一百英鎊的貨物，其餘的兩百英鎊則全數寄存在船長的遺孀那裡。她就像船長一樣，待人公正無私。

這是一次最倒楣的航行！上船後，我們的船便朝著加那利群島駛去。一天清晨，遠方突然出現一艘海盜船，從我們後方追了上來。我們曾試圖張帆加速逃離，但海盜船的航行速度更快，漸漸逼近我們。按照當時的情形判斷，他們很快就會追上我們。於是船長下令：立即展開作戰的準備。

我們的船有十二門炮，海盜船上有十八門。下午三點左右，他們迎頭趕上了！海盜船從後舷的一側靠上我們的船，不一會兒就有六十多人跳上了甲板。海盜們一上船就亂砍亂殺，還砍斷我們的桅杆。我們用短槍、炸藥包、短矛等武器抵抗，擊退他們兩次。然而，最終我們還是失去了戰鬥力，死了三人，傷了八人，無奈之下只好投降。我們全

部被俘虜，並被押到了薩累，那是一個屬於摩爾人的港口城市。

我被海盜船長選中，成了他的奴隸，被他帶回家中。一夕間，從一個商人變成了一個奴隸，讓我悲痛欲絕。我原本以為他會帶我出海，而他遲早會被西班牙或葡萄牙的戰艦逮捕，那我就可以重獲自由了。但每次他出海時，總是把我留在岸上照看他家那座小花園，還要我做各種粗活。

我每天都在盤算要如何逃跑，卻怎麼也想不到可行的方法。就這樣，我在那裡度過了整整兩年的時間。

兩年後，出現了意想不到的情況，使我重新燃起了希望。那段時間，主人經常坐上一艘舢舨出港捕魚，叫我和另一個僕人佐立負責划船。由於我們兩個捕魚技巧不錯，所以主人偶爾會派他的一個親戚帶我和佐立去幫忙捕魚。

有一次，我們出港捕魚時，海上突然升起濃霧，分不清方向的我們不知往哪裡划，整整划了一天一夜，才終於在隔天早晨平安回岸，三人都已經精疲力竭。

這次意外給了主人一個警惕，他決定日後出港捕魚都要帶上羅盤和糧食。他命木匠在舢舨中間做了一個船艙，艙前和艙後都可以容納一、兩個人站在那裡掌舵和操縱船帆。船艙裡面可以擺放麵包、白米和酒、咖啡等。

有一天，他與三位友人相約駕乘這艘舢舨出遊。前一晚，他吩咐我準備了許多珍饈美酒，還把槍枝和彈藥一起放到船上。看來，除了捕魚外，他們也打算打獵。到了隔天，主人卻說客人臨時有事不去了。但他要我和佐立像往常那樣捕點魚回來，晚上招待客人。此時，渴望重獲自由的念頭又再次萌生。我不知道、也沒計畫要逃往何處。反正除了這裡，什麼地方都好！

一切準備就緒，我們出港了。準備捕魚時，我走向船頭，趁主人那親戚不注意，一肩將他撞進海裡，然後舉槍對他喊道：「別想爬上船，否則我就開槍！你很會游泳，可以自行游上岸。」等他游走後，我對佐立說：「你得發誓跟著我，不背叛我，否則我也把你扔到海裡去。」那孩子發了誓，神情天真無邪，讓人很難不相信他。

因為怕海盜追來，我不敢靠岸，不敢停船，一連行駛了多日。直到船上的淡水所剩無幾，我們不得不下錨，上岸找水。佐立要我給他一個瓦罐，讓他去裝水回來。我問為什麼要他去？他說：「如果有野獸，他們吃掉我，你就可以逃走啊！」我感動地說：「不，佐立。我們一起去，帶著槍，不讓野獸吃掉我們！」

這次停船之後，我們繼續向南行，除了補水之外，沒事不下錨靠岸。我急著趕往非洲海岸的維德角一帶，希望能在那裡遇見歐洲的商船。

# 第二章　流落荒島

憑著這股決心，我們連續航行了十多天。船上食物越來越少，幾乎快斷糧。這時，海岸漸漸出現了人煙，我決定上岸去試試討點食物。佐立覺得那些皮膚黝黑、一絲不掛的土著看起來很危險。於是我稍微保持一段距離，盡可能用手勢向他們表達我們的需要。他們比劃著表示願意，然後拿了乾肉和穀物給我們。

我們無以回報，只能以各種姿勢表示感謝。就在這時候，有個機會讓我們也幫了他們一把。說時遲那時快，兩隻野獸衝向人群，所有人頓時陷入恐慌。我立刻拔槍射擊，打中了一頭野獸頭部。牠落入水中，掙扎幾下，最後一命嗚呼。另一隻則是被槍聲嚇得落荒而逃，一眨眼就隱沒在叢林深處了。

部落的人驚嚇過度，有幾個人甚至癱倒在地。等過了一段時間，他們看到那頭野獸一動也不動，才壯著膽子靠近，發現那竟是一隻巨豹。我看出他們想吃豹肉，於是把肉全給了他們，只向他們要了那張豹皮。

然後，我們又用手勢向他們討水，我將瓦罐口往向下翻，表示裡面已經沒水了。不

久，就有兩個女人抬著一大缸水到岸邊，放下水缸後立刻遠遠地跑開。我和佐立拿著瓦罐盡量把水裝滿，再搬回船上。

有了糧食和水，我們又航行了十多天。一天，佐立突然驚叫：「主人，主人，有一艘大船！」我跑出船艙一看，發現那是一艘葡萄牙船，而且他們好像透過望遠鏡發現了我們。我拿出船上的旗幟拚命揮舞，同時鳴槍求救。大船接收到兩種信號，終於停下來等我們。

我們得救了！而且很幸運，船上有位蘇格蘭水手可以幫我溝通。為了報答船長的救命之恩，我說要把自己所有的一切送給他。但船長說：「不，這樣送你到巴西之後，你可能會活不下去。那不等於我救了你的命又害你送命嗎？」

船長既仁慈又慷慨，甚至花錢買下我的東

西。而且，他想留佐立在他身邊做事。只是，這孩子幫助我重獲自由，我卻要害他失去自由嗎？但佐立說自己願意，船長也保證佐立是自由之身，所以我心裡雖然不捨最後也只能同意了。

抵達巴西後，船長把我介紹給一位甘蔗種植園的地主。我在他那裡學習了一些種植技術和製糖方法。沒多久，我發現當地種植園地主的生活富裕，而且短時間內即可致富。於是，我用積蓄買下一些未開墾的土地。剛開始的兩年，我種植了一些糧食作物；第三年，我種植了煙草，同時又買了一大塊土地，準備種植甘蔗。然而，人手不夠讓我忙得天昏地暗。這時，我才懊悔當初不該把佐立讓給別人，少了一位得力的幫手，和可以說話的對象。

唉，我這個人就是這樣！老是把事情搞砸，從來就沒做過一件對的事情。想當初，我為了追求自由闖蕩的生活，選擇離鄉背井。可事到如今，每天為了生存必須辛勤耕種，又與親友斷了音訊，簡直就像在荒島上孤獨的生活。早知如此，不如留在自己的家鄉平安度日，又何苦這樣千辛萬苦地四處流浪呢！

後來，那位葡萄牙船長又來到巴西。聽我提起種植園的困境，又聽說我在倫敦還有一筆錢，便懇切地建議道：「你寫一封信，請倫敦那位幫你保管存款的人，先把一半的

錢匯到里斯本，交給我的朋友去置辦一些值錢的貨物，等我下次出海再替你一起運送過來。如果一切順利，另一半存款你也可以如法炮製。」

我在給英國船長遺孀的信裡，詳述了葡萄牙船長拯救我的經過。她收到信後，不僅將錢如數匯出，還從私人積蓄裡拿出一筆錢來酬謝葡萄牙船長，以報答他對我的恩情。此外，我列出的貨物清單，後來船長也全數運到巴西，轉賣後獲利豐厚。而且設想周到的他，還為我帶來了許多經營種植園需要的工具。

我在巴西生活了四年。我不僅學會了當地的語言，而且認識了不少種植園地主和城裡的商人，交了不少朋友，事業也逐漸興旺發展起來。若我能長此安居樂業下去，從此必能過著幸福如意的生活。但安逸的日子過久了，我的腦袋裡又開始充滿各種不切實際的妄想。正如我上次從父母身邊逃走一樣，我又開始不安於現狀。原本可以一步一腳印靠著經營種植園致富，我偏偏想一步登天做個暴發戶。因為我的執迷不悟一手造成了自己的不幸，冥冥之中有著另一種命運等待著我。

某天，有三個商人約我去幾內亞做筆買賣，而且要我嚴守祕密。他們說自己和我一樣也是擁有種植園的地主，因為人力缺乏問題，他們打算到幾內亞偷渡一些黑奴回巴西，然後大家均分到各自的種植園裡去。

抵擋不住誘惑的我，同意加入他們的計畫。因為攸關生命安危，我立了一份遺囑，交代萬一自己遇難，種植園繼承人就是我的救命恩人：葡萄牙船長。而我的財產也將由他全權處理，一半歸他，一半匯往倫敦。

一六五九年九月一日，我再一次登上遠航的船。八年前我違背父母之意，從赫爾上船離家的日子，恰巧也是這一天。

我們的船載重一百二十噸，備有六門大炮，全船總共有十四個人。船上沒有大型貨物，只有一些要與當地人交易的小玩意兒，如：假珠子、玻璃器具、貝殼等，還有一些零星的雜貨。

我們沿著巴西海岸向北航行，計畫在北緯十至十二度之間橫渡大西洋，直達非洲。十二天後，我們穿越了赤道。不料，突然遇上一陣強風襲擊，狂風將船不停吹向西方，越來越遠離所有商船航行的路線。

勁風瘋狂地吹，我們一點辦法也沒有。這天，突然有人大喊：「陸地！有陸地！」大家趕緊跑出船艙，想看看船究竟漂到了什麼地方：是島嶼還是大陸，有人煙之處還是蠻荒之地。沒想到，船居然擱淺在一片沙灘上，動彈不得！這時，滔天大浪依然不斷打上甲板，大家只好又躲進船艙避難。

等風勢稍微減弱後，大家決定放棄大船，同心協力將小艇放到海面，一起坐上小艇拚得一線生機。可是海面上波濤洶湧，我們半划著槳，半被風浪驅趕著，大約走了四海里。突然，一個巨浪以迅雷不及掩耳之勢襲來，將我們的小艇打得船底朝天。大家還來不及呼救，就被浪濤吞沒了。

雖然平時我善於游泳，但在這種驚濤駭浪之中，我連浮出水面呼吸一下都非常困難！巨浪從我背後一次次洶湧而至，我任憑海浪將我捲向海岸。不知何時，浪頭將我猛的沖上一塊礁石，撞擊力讓我瞬間失去知覺。幸好下一個浪頭打來之前我已經清醒，並緊緊地抱住礁石。等浪一退，我立刻往岸上狂奔，直到登上岸邊的一處

斷崖，才安心地在一片草地上坐下。

我情不自禁地抬頭看天，想著自己的大難不死，想著葬身大海的同伴，心底湧上一股孤獨的哀傷。向海面遙望過去，擱淺的大船身影隱約可見。

我收回視線，環顧所處四周，劫後餘生的喜悅頃刻間蕩然無存。我雖然獲救了，卻又陷入了另一種絕境：渾身濕透，又饑又渴，身上除了一把小刀、一個煙斗和一小匣煙葉外，就沒有別的東西了。如果野獸出現的話，我要怎麼辦呢？

當下我能想到的辦法只有一個。首先，我找到能喝的淡水解了渴，嚼了些煙葉充饑。然後就爬上一棵茂盛的大樹，找到一處安穩的樹杈躺了下來，再砍了一截樹枝，削成短棍防身。不久就沉沉地睡去。

一覺醒來，天色已亮。風暴已經過去，天氣晴朗，風平浪靜。那艘擱淺的大船已被沖到昨天我緊抱的那塊礁石附近，離岸只有大約一海里左右。我想，如果我能爬上那艘大船，就能找到一些食物和日常生活的必需品。

我從樹上下來，脫掉衣服，朝大船游了過去。到了船邊，我發現船頭處垂下一條短繩，繩頭很接近水面。於是我抓住繩子向上攀登，回到了船上。

船擱淺在沙灘上，船頭浸在水裡，船尾向上翹，所以船的後半截沒有進水，放在那

裡的食物和物品都完好無損。我吃了幾片餅乾，喝了一大杯甘蔗酒，頓時覺得精神百倍，心情為之一振。

我用船上備用的木頭做了一艘木筏。接著，我先倒空了幾個水手用的箱子，然後將麵包、米、乾酪、羊肉乾、酒等食品裝了進去。我也裝了些船上用來餵家禽的歐洲麥子。還有木匠的工具箱，此時此刻，工具對我來說是最重要的，即使整船的金子也沒有它珍貴。另外，我在大艙內找到兩支鳥槍、兩支手槍、幾桶火藥、一小包子彈和兩把生銹的舊刀。我將這些東西全部搬上木筏，統統運到岸上。

回到岸上，我開始觀察周圍的地形，想找個合適的住處和貯藏東西的地方。正好在離我不到一英里遠的地方有一座小山，於是我拿著一支鳥槍和一支手槍，費了九牛二虎之力爬到了山頂。從山頂上放眼望去，看不見大片陸地，只有十五海里外的地方，有兩個更小的島嶼。而我身處的這塊陸地，原來是一座海島。而且，島上荒無人煙，只有野獸和飛禽出沒。

對地形有初步認識後，我便回到木筏旁將貨物搬上岸。然後，我利用箱子和木板盡可能搭建了一個棚子。有了棚子的保護，晚上我才能安心地入睡。

往後的十三天裡，我又上了十二次船，把船上能吃能喝、能穿能用的東西統統搬到

岸上。直到某天夜裡暴風雨再次來襲，整夜的狂風暴雨過後，那艘船就消失得無影無蹤了。

為了在島上生存下去，我必須幫自己建造一個安全的住所。為此，我擬定了選擇住所的幾個條件：

第一，要衛生，要有淡水。

第二，要能遮陽。

第三，要能避免猛獸或是人類的襲擊。

第四，要能看到大海，這樣萬一有船隻經過，我就不至於錯過脫險的機會。

我按上述條件去尋找合適的地點，發現在一個小山坡旁有一片平地。平地的後方是一面又陡又直的岩壁，不論人或野獸都無法從上面下來襲擊我。岩壁上有一個頗大的凹洞，前面是一片平坦的草地。我決定就在這裡住下來。

我先在凹洞前面築起一片半圓形圍籬，接著將我所有的財產搬進來，再搭了一個雙層大帳篷用來防雨，這樣就成了我的住所。我還找到一張吊床，那原本是船上大副的，睡起來格外舒適。最後，我在帳篷後面挖了一個洞，當作地窖。

就在我搭帳篷、挖洞的時候，天空突然烏雲密布，暴雨如注，雷電交加。在電光一

閃、霹靂突至時，一個念頭閃過我的腦海：「哎呀，我的火藥！」一想到雷電會把我的火藥全部炸毀時，我幾乎絕望了。因為我不僅需要用它獵取食物維生，還得靠它自衛防身。

幸好，我的火藥全部安然無恙。等雨一停，我立刻將火藥分成好多個小包，這樣萬一發生什麼意外，火藥也不至於全部炸毀。我還把火藥一包包分開儲藏，以免一包著火危及另一包。火藥大約有二百四十磅，我把它們分成一百多包藏在石頭縫裡以免受潮，並小心地做上記號。這項工作足足花了我兩個星期的時間。

在執行火藥分裝期間，我每天都會帶槍出門一次。這樣做一來可以散散心，二來可以獵捕食物，三來可以熟悉島上的環境。

第一次外出時，我便發現島上有許多山羊。然而我才第一次開槍，就打死了一隻正在哺乳的母羊，這讓我心裡非常難過。當我背起母羊往回走的時候，那隻小羊也跟在後頭。看牠楚楚可憐的樣子，我於心不忍，於是也把牠帶回來了。

雖然我將自己的生活安排得安全、舒適，但一個人流落在荒島上，還是讓我百感交集。有時我不禁懷疑，上天為何要如此殘害自己所創造出來的生靈，害他如此不幸，如此孤立無援，又如此沮喪寂寞呢！在這樣的環境中，有什麼理由要我們認為生活於我們

是一種恩賜呢？

可是，每當我這樣想的時候，腦中又會立刻出現另一種聲音，責備我不該有這種念頭。特別是有一天，當我徘徊在海邊，悶悶不樂地想著自己的處境時，理智同樣反過來對我說：「的確，你目前形單影隻、孑然一身，但你何不想想，跟你在一起的那些同伴到哪裡去了？為什麼他們全死了，唯獨你一個人活著呢？究竟是待在這座孤島上好，還是像他們那樣葬身大海好呢？」

是啊！我怎麼不想想禍福相倚和禍不單行的道理呢？我現在可以說是「應有盡有」，物資充足，足以溫飽，這也許是我不幸中的萬幸。那艘大船在觸礁之後，居然還會漂起來，又被風浪吹送到離岸這麼近的地方，讓我有時間把船上一切有用的東西都拿下來。若非如此，我現在的處境又會是怎樣呢？我真是應該要知足了啊！

另外，我要特別提一下的是，我從大船上帶回來的紙、筆、墨水、羅盤、望遠鏡、地圖和書籍，這些東西我都小心地保存了起來。在心情鬱悶的時候，我就常常看書，同時也寫日記。我這樣做，並不是為了留給後人看。因為我相信，在我之後，不會有多少人到這荒島來。我這樣做，只是為了抒發內心的惆悵，藉著每日瀏覽，可以排解抑鬱心情，使自己過得快活一些。

野蠻

# 第三章　從零開始

現在，我要在這荒無人煙的島上，與世隔絕地孤獨生活了。這種生活在世界上也許是前所未聞的，因此，我決定將自己經歷的一切從頭到尾、按時間順序一一記錄下來。我估計自己是在九月三十日踏上這可怕的孤島，當時剛入秋分，太陽差不多在我的頭頂正上方。經過一番觀察，我應該在北緯九度二十二分的位置。

為了計算日期，我用刀子在一根大柱子上刻下一句話：「魯賓遜於一六五九年九月三十日上岸。」我還把柱子做成一個大十字架，立在我第一次上岸的海灘上。每天我都會用刀在十字架上刻一道痕跡；每七天刻一道長一倍的痕跡，表示是星期天；每月的第一天，再刻一道比代表星期天長一倍的痕跡。

由於缺乏適當的工具，所有工作進行得非常緩慢。我差不多花了整整一年的時間，才真正把住處和圍籬築得堅實，足以防禦猛獸的襲擊。現在，正著手製作一些必要的家具。我花了大量的時間，用一把大斧和一把手斧將樹木製成木板，再用木板為自己做了一組桌椅。我還在洞壁上搭了幾層木架，把工具等物品分門別類地擺放，以便取用。屋

內變得井然有序，心裡舒坦不少。

現在，我已經振作起來，不再灰心喪氣。我把當前的禍福利害加以比較，一一列出個人境遇的幸運和不幸、好處和壞處，讓自己更知足安命。

禍與害：

我流落荒島，孤苦無依

我寂寞無助，無人交談

我與世隔絕，對外音訊全無

我沒有衣服可穿

我無法抵禦人類或野獸襲擊

附近沒有船經過，沒人能解救我

福與利：

同伴葬身海底，唯有我獨活

既然大難不死，必有機會重獲新生

荒島上有食物，我不會餓死
這裡天氣炎熱，根本不必穿衣
至今在島上我還沒有見過猛獸
大船拿回的東西，能幫我生存下去

另外，我也開始寫日記，把每天做過的事記錄下來。可是後來墨水用完，也就不得不中止了。

**一六五九年九月三十日**

我，可憐而不幸的魯賓遜．克魯索，在一場可怕的大風暴中沉船遇難，流落到這個荒涼的孤島上。同船的夥伴都葬身魚腹，我卻死裡逃生。夜幕降臨，因怕被野獸吃掉，我睡在一棵樹上。雖然整夜下雨，我卻睡得很沉。

**十月一日**

清晨醒來，看見那艘大船被沖到離岸很近的地方。我想，等風停浪息之後，可以上

去弄些食物和日用品來救急。但想起那些死去的同伴，我不禁倍感憂傷。

**十月一日～二十四日**

我連日上船，把能搬的東西全部搬下來，趁漲潮的時候用木筏運上岸。這幾天雨下得很多，時停時續。看來，島上正值雨季。

**十月二十六日**

我在岸上找了一整天，終於在岩壁下找到一個合適的地方當作住所。我最擔心的是安全問題，住地必須能防禦野獸或野人在夜間對我進行突襲。

**十一月三日**

我帶著槍外出，打死兩隻像野鴨的飛禽，肉很好吃。下午，我開始動手做桌子。

**十一月四日**

我制訂了每天的作息時間表：一早起來，就帶槍出去巡邏兩小時。回來後工作到

十一點，然後，午餐有什麼就吃什麼。十二點至二點為午睡時間，因為這兒天氣炎熱異常，然後繼續工作。今天和明天全部的工作時間，我都用來做桌子。目前我還是個拙劣的工匠，做一件東西就要花很多時間。但不久之後，我就會越來越厲害了。什麼事做多了就熟能生巧，再加上迫於需要非做不可，我相信，不論是誰都是可以辦到的。

## 十一月十七日

今天開始在帳篷後面挖洞，以便於存放東西。需要三件工具：十字鎬、鏟子和手推車。我用起貨鉤

代替十字鎬，勉強還能使用。但沒有鏟子，很多事都做不了。

**十一月十八日**

我在樹林裡發現一種樹，看起來有點像巴西的「鐵樹」，這種樹木的木質特別堅硬。我花了好長時間，才用這種木頭做了一把鏟子。也做了一個手推車，這樣就可以把洞裡的泥土運出來了。

**十二月十日**

我剛把石洞挖好，就突然發生坍塌，簡直把我嚇壞了。我只能不斷將落下來的泥土運到外面，還在洞頂加裝木板，並用柱子加以支撐，以免再發生意外。

**十二月十一日**

我繼續用兩根柱子作為支撐，在每根柱子上交叉放兩塊木板撐住洞頂，花了一星期的時間才完成天花板加固。

## 十二月二十七日

我打死了一隻小山羊，並把另一隻小山羊的腿打瘸了。我把瘸腿的小山羊帶回家，圈養起來照料，這讓我想出了一個好主意：我可以飼養一些容易馴服的動物，這樣以後彈藥用完，也不愁沒有食物了。另外，我也利用羊油取代蠟燭，只要把羊油放在泥盤裡，然後從麻繩上取下一些麻絮做成燈芯，這樣就製成了一盞燈。

## 一六六〇年一月三日～四月十四日

我從船上曾拿了一個小布袋下來，裡面裝著餵家禽用的穀物。可能是急著分裝火藥時，把布袋裡的穀物抖落在牆邊，再也沒有想起這件事情。沒想到一個月後，地上竟長出了綠色的嫩芽。

剛開始，我以為那只是以前沒有注意到的某種植物。但不久之後，它們長出了十一、二個穗頭，與大麥一模一樣，這使我又驚又喜。

到了六月底左右，大麥成熟的季節，我便小心地將麥粒收藏起來。除此之外，我還收穫了約三十株的稻稈，同樣細心地將稻穀收藏起來。我想重新播種，這樣就可以吃到米飯和麵包了。

想到這裡，我忍不住流下了眼淚。儘管這兒的氣候炎熱卻長出了北方大麥。我為自己的命運感到慶幸，這種世間少有的奇事，竟會在我身上發生。或許，這是上天為了能讓我在這荒島上活下去才這麼做的。

**四月十六日**

地震！幾分鐘內連續震動了三次，其強烈程度足以震垮世界上最堅固的建築。洞頂突然掉下大量的泥土和石塊，兩根柱子瞬間壓斷，發出可怕的爆裂聲，我驚慌失措衝出洞外。半英里外靠近海邊的一座小山的山頂也被震得崩塌下來，那驚天動地的巨響把我嚇得魂不附體。此時，大海驚濤駭浪、洶湧澎湃，想必海底的震動一定比島上更劇烈。

**五月四日**

我去釣魚了。我用麻繩的麻絲做了一條長長的釣魚線，但我沒有魚鉤。不過，我還是常能釣到魚吃。我把釣到的魚都晒乾了再吃。

**六月十六日**

今天我到海邊散步時，看到了一隻大鱉。我在島上還是第一次看到這種動物，後來發現，這島上的大鱉還不少呢！

**六月十八日**

今天屋外下著雨，我感到陣陣寒意，所以整天都沒有出門。

**六月十九日**

我病得很重，渾身發抖。好像天氣太冷了。

**六月二十一日**

全身都不舒服。想到自己生病卻無人照顧，我不禁悲從中來。我第一次向老天祈禱，至於為什麼祈禱，祈禱些什麼，我全都忘了，因為我的思緒太過混亂。

## 六月二十五日

我染上瘧疾發病了，而且病得很嚴重。每次發作持續七個小時，一會兒冷，一會兒熱。最後終於出了點汗。

## 六月二十七日

瘧疾再次發作，我躺在床上，連聲叫喊：「老天爺，救救我，我已經走投無路了！」就這樣連續喊了兩、三個小時才昏昏睡去。

我做了一個惡夢。夢見我坐在外面的地上，看見天空滿布烏雲，一個人從天而降，更使我驚恐的是，他全身似乎在燃燒，空中火光耀眼炫目，令人無法正視。當他降落到地面時，大地彷彿發生了劇烈震動，就像地震發生時一樣。

他向我走來，手裡舉著一根像長矛的武器，似乎要來殺我。當他走到離我不遠的高坡上時，便對我講話了，那聲音真是令人不寒而慄，可怕得難以形容。他說：「既然所發生的一切事情都不能使你對自己的所作所為懺悔，現在就要你的命！」說著，他就舉起手中的矛刺向我，幾乎把我嚇得靈魂出竅。

雖然這僅僅是一個夢，卻可怕得難以言喻。即使醒來後，明知是一場夢，在腦海裡

留下的恐怖印象，也還是久久揮之不去。

至今我已遭遇了種種災難，但我從未想到這一切是老天對我的懲罰。現在我生病了，死亡威脅近在眼前。由於病痛，我精神頹喪；由於發熱，我體力衰竭。這時，我沉睡已久的良心開始甦醒，並譴責自己過去的任性妄為。

## 六月二十八日

睡了一整夜，精神好多了。儘管惡夢讓我心有餘悸，但想到瘧疾可能再次發作，我便馬上開始準備吃的東西。我在一個大瓶子裡裝滿水，又倒入了四分之一公升的甘蔗酒，把酒和水混在一起，喝了一點。我取了一塊羊肉，放在火上烤熟後，只吃

了一點，還沒有什麼胃口。我四處走動了一下，可是一點力氣也沒有。

晚上，我烤了三個鱉蛋，就當作一餐吃了。我走到外面，眺望著碧波萬頃的海面。想到明天可能又要發病，心裡非常苦悶。忽然我想起巴西人生病時不吃藥，只嚼煙葉。我箱子裡還有一捲煙葉，有些是烤熟的，也有一些青煙葉，於是我拿了一些浸泡在甘蔗酒裡幾個小時，入睡前就當藥酒喝下。沒多久，我就感到酒勁直衝腦門，接著便昏昏沉沉地睡去，直到第二天下午才醒來。

**六月二十九日**

醒來後，我覺得神清氣爽，不僅身體恢復了活力，力氣也比前一天大多了。之後，又持續喝了幾天的煙葉酒。後來，瘧疾都沒有再發作了。感謝老天！

**七月十五日**

我開始對小島做更詳細的勘察。我先走到一條小河邊，那是我的木筏靠岸的地方。沿河而上，我大約走了兩英里，看見了一條小溪。小溪水質清澈，味道甘美，旁邊有一片綠油油的草地。

## 七月十六日

我沿著昨天的路一直走到小溪和草地的盡頭，那裡長著各種水果，地上有瓜果，樹上有葡萄。葡萄藤爬滿樹枝，葡萄一串串的，又大又紅。我想出了一個很好的方法來利用這些葡萄，那就是把它們放在太陽下晒乾，製成葡萄乾收藏起來。葡萄乾很好吃，又富有營養。

我採下許多葡萄，把它們掛在樹枝上曝晒。接著，我又四處逛了逛。我發現這個山谷物產豐盛，風景優美，不怕暴風雨的侵襲。我決定在這裡造一間茅舍。

## 八月一日

茅舍建好了。防禦工事比照洞穴住所：用一道堅固的圍牆圍起來，圍牆用兩層籬笆築成，籬笆之間種滿矮樹，圍籬有我人那麼高，出入也需要靠一架梯子上下攀爬。這樣一來，我就擁有一間鄉間別墅和一座海濱住所了。

## 八月三日

我發現原先掛在樹枝上的一串串葡萄已經完全晒乾，成了上等的葡萄乾，便動手把

它們從樹上收了下來。我很慶幸自己及時收下了葡萄乾，要不然，後來大雨傾盆，葡萄乾肯定全毀了。

**八月十四日～二十六日**

大雨一直下個不停，我無法出門。一直被困在屋內，糧食儲備逐日減少，因此我把糧食做了分配：早餐吃一串葡萄乾，午餐吃一塊烤羊肉，晚餐吃三顆鱉蛋。

**九月三十日**

今天正好是我來到荒島一周年的日子，也是一個不幸的日子。我計算了柱子上的刻痕，發現我已經上岸三百六十五天了。我把這一天定為齋戒日，連續十二小時不吃不喝。直到太陽下山，我才吃了幾塊餅乾和一串葡萄乾，然後就上床睡覺了。

我的墨水快用完了，只好節省使用。現在，我只記錄生活中的一些大事，其他的瑣事就不記在日記裡了。

# 第四章 原始生活

我一直想環遊全島。我的鄉間別墅附近有一片開闊地，一直延伸到海島另一頭海岸。我決定先走到那頭海岸看看。於是，我帶上槍、斧頭和一些子彈，另外還帶了兩大塊麵包和一大包葡萄乾，就這樣踏上了旅程。

這天天氣晴朗，我穿過茅舍所在的山谷，向西眺望，看到了大海。大海對面還有陸地，但距離這裡很遠，大約有四十五至六十海里。

我想，那片陸地如果是西班牙領地的海岸，遲早會有船隻經過；如果沒有船隻來往，那就肯定是荒蠻的海岸，上面一定住著會吃人的野人。只要落入他們手中，就一定會被吃掉。

我緩步前行，發現海島這頭的景色比我海濱的住處好多了。這裡綠草如茵、樹林茂密、野花遍地，散發出淡淡的清香。我還看到許多鸚鵡，好不容易抓到了一隻。我想把牠馴養起來，教牠說話。

旅途中，我一天走不到兩英里的路程。我總會來回繞著走好幾圈，希望能有新的發

現。因此，當我爬到樹上睡覺時，通常已經十分疲倦，眼一閉就睡著了。

醒來後，我走到海邊，發現在這裡的海灘上龜鱉成群、飛禽無數，種類繁多，而且許多飛禽的肉都很好吃。

我沿著海岸向東走，大約走了十二英里之後，就在岸上豎起了一根大木樁作為記號，然後決定暫時先回家，準備下次從住處出發，往反方向走，沿海岸向東走一圈，回到立木樁的地方。

回家的時候，我走了另一條路。我以為只要注意全島的地理環境就不會迷路，但我太過自信了。走了兩、三英里之後，進入了一個大山谷，四周群山環繞，讓我無法辨別東西南北。

山谷中濃霧彌漫，看不見陽光。我東碰西撞，在山谷中逗留了三、四天，最後竟不知不覺回到了海邊，又到了我豎立木樁的地方。於是，我只好從那裡再往原路折返。

回家的路上，我抓到了一隻小山羊。我想，要是能夠馴養幾隻山羊並讓牠們繁殖，那麼等到我沒有糧食時，就可以殺羊充饑了。因此，我決定把這隻小山羊帶回家飼養。我把小山羊帶到我的鄉間別墅裡圈養起來之後，就離開了。我急於回到老家，因為我已經離家一個多月了。

回到海濱住所後，我躺在床上，心裡有說不出的愜意與滿足。與在外遊蕩的生活相比，在家的生活簡直是完美無缺、安定豐足。

為了好好休息，消除長途旅行的疲勞，

我在家裡待了一個星期。在此期間，我為被我抓到的小鸚鵡做了一個鳥籠，並將牠馴服得服服貼貼，而牠也與我日漸親近起來。我想到了那隻被圈養在鄉間別墅的小山羊，於是決定把牠帶到老家來。

到了鄉間別墅，小山羊還在原來的羊圈裡，但由於長時間沒吃東西，牠已經餓壞了。我到外面摘了一點鮮嫩的樹葉餵牠，等牠吃飽後，再用麻紗做的細繩牽著牠走。小山羊因為饑餓而變得十分馴服，甚至不用我牽著牠，也會乖乖地跟在我身後。後來，我一直養著牠，牠溫柔又可愛，成為了我家庭中的一員。

雨季又來臨了，九月三十日這一天是我上島的紀念日。像去年一樣，我虔誠地齋戒，度過了這一天。不同的是，今年我懷著謙卑和感激的心情，感念上蒼給我的種種恩惠。我來到這座島上已經兩年了，直到現在我才深深地感受到，現在的生活比過去幸福多了。

我開始了第三年的荒島生活。我每天都定時進行日常工作，生活得很有規律。比如，第一，祈禱和閱讀。第二，帶槍外出覓食。如果沒下雨，便在上午外出，時間約三小時。第三，將捕獲的獵物加以處理，或晒、或烤、或醃、或煮，以便儲藏作為食物。這些事差不多就用去了我每天大部分的時間。事實上，我一天中能夠工作的時間很短。除了要

做這些事情，我還必須顧慮到每天中午在太陽直射、酷熱難耐的情況下，根本無法出門的狀況。而且，由於缺乏工具、經驗和人手，我做的每一項工作都要花費大量的時間。但是儘管如此，依靠耐心和勞動，我還是完成了大量的工作。

十一月和十二月期間，正是即將收穫大麥和稻子的季節。這一次，豐收在望。然而，我發現稻麥同時遭受好幾種敵人的威脅。稻麥長出禾苗時，遭到了山羊和野兔的獸害。牠們嚐過禾苗的甘甜味之後，等禾苗一長出來，就早晚埋伏在田地裡，把長出來的禾苗吃個精光，因此禾苗根本就沒有辦法生長。

幸好我種子不多，耕種的面積不大。

我花了整整三個星期做好圍籬，將莊稼地圍了起來。不久，那些敵人就捨棄了這塊莊稼地，所以禾苗長得又壯又好。

不料，稻麥結穗時又遇到了鳥害。無數飛禽鋪天蓋地而來，種類繁多，數不勝數。我朝飛來的鳥群開槍，沒想到莊稼地裡也有大批鳥禽紛紛飛上天，我這才發現原來那裡也埋伏著大群敵人。我決心不讓我的稻麥白白損失，於是把槍裝上彈藥，時時刻刻守候在莊稼地旁。偷穀賊們都停在周圍的樹上，當我假裝要走開時，牠們便一個個向莊稼地飛撲下來。眼看著稻麥快要成熟，牠們卻想奪取我的糧食，我氣憤極了！於是我走到圍籬旁，開槍打死了三隻鳥。我把打死的鳥從地上撿起，並且用鎖鏈吊起來，用以警告偷糧食的可惡傢伙們。沒想到，這個辦法果然奏效，從此以後，那些飛鳥就再也不敢到莊稼地來了。

十二月底，是一年中的第二個豐收季節。我把一把腰刀改造成鐮刀，用來收割稻麥。我的收割方式非常獨特：只割下麥穗或稻穗，把莖稈留下來。我把穗子裝進自製的大籮筐搬回家，再用雙手把穀粒搓下來。原來的半斗種子差不多變成了兩斗稻穀和兩斗半的大麥。我興奮地想：「再過不久，我就有麵包吃了！」

可是難題卻一個個浮現。雖然我種出了稻麥，但是我既沒有磨可以磨穀，也沒有篩

子可以篩粉，甚至連發酵粉和鹽都沒有，根本無法製作麵包。再說，我也沒有爐子可以烘烤麵包。不過在這種情況下，最終我還是想辦法做出了麵包。

首先，我必須多準備一些耕地，因為我現在有足夠的種子，可以用來播種一英畝以上。我在住所附近找了兩大塊平地，把種子播種下去，然後花了三個月的時間在土地周圍修築一道堅實的圍籬。由於這期間大部分時間是雨季，所以我的工作常常被打斷。

下雨不能出門的時候，我就在家一邊工作，一邊與我的鸚鵡閒聊。我替牠取名為「波兒」，並教牠說自己的名字。不久之後，牠居然能響亮地說出「波兒」二字。這是我上島以來，第一次從別人嘴裡聽到的話！

要加工稻麥、製造麵粉，就必須有能盛裝這些東西的容器，所以我想製作一些陶器。這裡天氣炎熱，只要能找到陶土，做成罐子或缽，然後放到太陽底下晒得又硬又結實，就可以用來保存乾的東西。

我用笨拙的方法調和陶土，做出了許多奇形怪狀的罐子。有的因為陶土太軟，承受不住本身的重量，不是凹進去，就是凸出來，根本不能用；有的因為晒得太早，太陽溫度過高而龜裂了；還有一些在晒乾後，一搬就碎裂了。我差不多花了兩個月的時間，才做成兩個樣子非常難看的大缸。這兩個大缸經過日晒變得非常堅硬，我把它們輕輕地搬

起來，放到兩個預先特製的大柳條筐裡，以防破裂。另外，我還做了一些小器皿，像是小圓罐、盤子、水罐、小瓦鍋等等。

但是，這些容器只能用來裝東西，並不能拿來放在火上烹煮食物。直到有一次，我生起一堆火煮東西，煮完後要滅火時，忽然發現火堆裡有一塊陶器的碎片，被火燒得像石頭一樣堅硬，像磚塊一樣紅。這個發現讓我欣喜萬分，因為既然陶器碎片能燒，那完整的陶器當然也能燒了。

於是我把做好的三個大泥鍋和三個泥罐堆起來，四面架上木柴，並在泥鍋和泥罐下生起一堆火，然後在四周和頂端點火，一直燒到泥鍋和泥罐紅透為止，又繼續維持了五、六個小時的熱度。這時，我看到其中一個泥罐開始熔化，便慢慢減小火侯，讓泥鍋和泥罐的紅色漸漸退去。到了第二天早晨，我成功燒出了三個瓦鍋和兩個瓦罐，其中一個的表面還有一層很好看的釉。

我興奮無比，急不可耐地將一塊小山羊肉放在新燒製好的瓦鍋裡，然後倒進水，煮了一碗可口的肉湯。

接下來，我需要做一個石臼來搗碎穀物。我找來一大塊硬木頭，接著分別用斧頭和手斧把木頭砍圓，然後用火在上面燒一個槽，終於把臼做成了。後來，我又用鐵樹的木

頭做了一個又大又重的杵，這樣我就可以用它來舂麥做成麵粉了。

下一個需要克服的困難是：做一個篩子來過篩麵粉。我想起從船上搬下來的水手服裡有幾塊棉布和薄紗圍巾，於是便拿了幾塊出來，勉強做成三個小篩子，就這樣使用了好幾年。

最後要解決的就是烘烤麵包的問題了。我先製作了一個直徑兩英尺、深九英寸的陶器，像先前燒製陶器那樣做成大瓦盆，接著用自己燒製的方磚砌成爐子，並在爐子裡生火。當木柴燒成熱炭時，我便將它們放在爐子上面，並把爐子蓋滿，將爐子燒熱，然後將火種掃乾淨，再把麵包放進去。接著，我用大瓦盆將爐子扣住，最後在瓦盆上蓋滿火

種，以增加熱度。

我用這方法烤出了世界上最好吃的麵包。之後，我還用米製作了糕點和布丁。

在島上的第三年，我專心料理農務、收割莊稼、製作麵包。現在，我的儲糧大大增加了，已經有二十蒲式耳的大麥和二十蒲式耳的稻米。我估算了一下，四十蒲式耳的大麥和稻米夠我吃超過一年。所以，我決定每年播種相同數量的種子，希望收穫的稻麥足夠供我製作麵包和其他用途。

此外，我還馴養了山羊。我找到了一大片平坦的草原，草原上有兩三條小溪，而溪水盡頭有一片樹林。我用了三個月的時間，在那裡圈圍了一塊長約一百五十碼、寬約一百碼的土地，這塊土地足以容納所有我馴養的山羊。之後等羊群增加，我還可以再擴大圈地。

不到一年半，我已經圈養了十二隻山羊。又過了兩年，我已經有四十三隻山羊。現在，我不僅有羊肉吃，還有羊奶喝。我有自己的擠奶房，每天能擠一、兩加侖的羊奶。另外，經過多次的嘗試和努力，我終於做出了奶油和乾酪。

# 第五章 初遇食人族

我常想起在島上另一邊海岸望見的陸地。我的心裡暗暗懷著一種願望，希望能在那裡上岸，並幻想自己在找到大陸和有人煙的地方後，就能設法繼續前往其他地方，最終能找到重返故鄉的辦法。

我完全沒有想到其中的危險，也沒有考慮到自己可能會落入野人的手裡。野人比獅子和老虎還要凶殘，一旦落入他們手中，不是被他們殺死，就是被他們吃掉。可是此時，我腦子裡考慮的只有如何能登上對面的陸地。

於是，我想到了大船上的那艘小艇，希望能用它來實現我的願望。這艘小艇當時也被狂風巨浪捲到岸上來了。小艇還在原來的地方，但擱淺在一個非常高且四面無水的沙石堆上。儘管我想盡了辦法，可是只憑我一個人的力量完全無法移動它。看來，我只能另想辦法了！

後來，我想到我可以自己做一艘獨木舟。所謂獨木舟，就是用一棵大樹的樹幹做成的。我覺得這不但可能，而且很容易做到。

於是，我即刻開始動工。我費盡力氣砍倒了一棵大柏樹，用了二十二天的時間來砍斷它的根部，又花了十四天的時間砍掉所有樹枝。接著我又砍又削，花了一個多月的時間做出船底的形狀，使它能浮在水面上。然後，我又花了三個月的時間把中間挖空，做得完全像一艘小船。在挖空樹幹的時候，我沒有用火燒，而是用鑿子一點一點地鑿空，終於做成了一艘有模有樣的獨木舟。這艘獨木舟應該可以乘載二十六個人，這樣，不僅我自己可以上船，而且可以把我所有的東西都裝進去。

接下來就是下水的問題了。從小船所在的位置到河邊是一個向上的斜坡，所以我決定在地面掘出一個向下的斜坡。雖然這項工程無比艱辛，比我在海上航行四、五十海浬還要艱難，但一想到有逃生的機會，我也就顧不了那麼多了。不料，這項工程完成之後，

我仍是一籌莫展，因為我根本沒有辦法移動這艘獨木舟。

既然無法使獨木舟下水，我只得另想辦法。我把現場的距離丈量了一下，決定開挖一條運河，把水引到船底下來。一開始，我就進行了一些估算：看看運河要挖多深多寬，怎樣把挖出來的土運走。結果發現：若我一個人進行這項工程，至少要花十至十二年，因為河岸高達二十英尺。最後，我不得不放棄這個計畫，儘管心裡萬般不願意。

這件事讓我非常難過。到這時我才明白：做任何事情，如果不事先考慮清楚自己的實力，不正確評估必須付出的代價，那將是十分愚蠢的！

當這項工作進行到這裡時，我在島上也已經生活四年了。和以往一樣，我懷著虔誠和感恩的心情，度過這個周年紀念日。與當初上島時相比，現在我不僅生活舒適，而且心情也安逸。我已學會多看自己生活中的光明面，少看黑暗面；多想自己所得到的享受，少想缺乏的東西。

我來到島上這麼久了，從船裡帶上岸的東西不是已經用完了，就是快用完了。例如，我的墨水早已用得差不多了，當墨水只剩下一點點時，我就不斷地加水進去，直到後來淡得寫在紙上幾乎看不出字跡了。但我決心只要還有一點墨水，就要把生活中發生的特殊事件都記錄下來。

我從船上帶下來的餅乾也吃完了。我吃得很省，一天只吃一塊，維持了一年多的時間。後來，我能夠吃到自己做的麵包了，這讓我對上天充滿了感激。

我的衣服也已經破爛不堪，而內衣早就沒得穿了。還好我從水手的箱子裡找到三打襯衫，這可真是幫了我一個大忙。這裡的陽光熾熱，只要一會兒不穿衣服就會被晒得渾身起水泡；不戴帽子，就會被晒得頭疼難耐。

我也開始把比較厚、穿起來太熱的衣服拆開來，再加上一些別的布料，做了兩件新的背心。我不會縫紉，所以只是胡亂地將布料縫合起來。另外，我還做了幾件不太像樣的短褲。

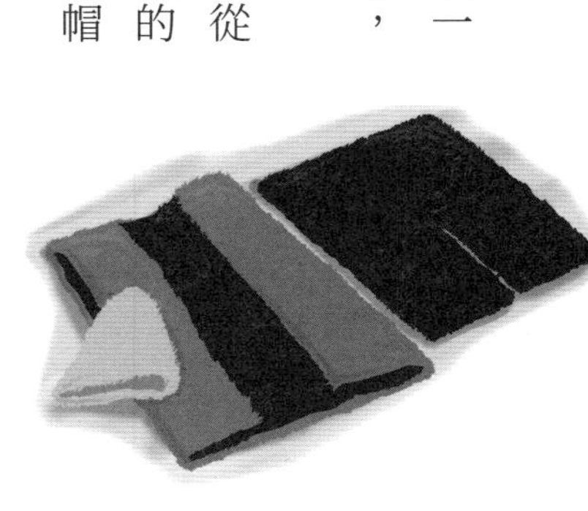

此外，每次捕獵回來，我都會把割下的野獸毛皮，用棍子撐起來，放在太陽底下晒乾。我先用這些毛皮做了一頂帽子，再用剩下的毛皮做了一件背心和一條長及膝蓋的短褲。我把背心和短褲都做得非常寬大，因為它們主要是用來防晒，而不是禦寒的。外出時，如果遇到下雨，只要把背心和帽子的毛翻在外面就可以擋雨，身上就不會被淋濕了。

我還用晒乾的小羊皮做了一條寬寬的皮帶。皮帶的兩邊有兩個扣環，一邊可以掛一

把小鋸子，另一邊可以掛一把小斧頭。我還做了一條較窄的皮帶，皮帶的末端可以掛兩個山羊皮口袋，一個裝火藥，另一個裝子彈。

海島上的天氣和巴西一樣酷熱，而且由於靠近赤道，有時甚至比巴西還熱。考慮到我得經常外出打獵勞動，因此遮陽擋雨的工具必不可少，所以傘對我來說真的太實用了。我花了很多時間和精力做了一把傘。我用毛皮做傘頂，並把毛翻在外面，讓它像一座小茅屋一樣將雨隔絕，甚至還能擋住刺眼的陽光。這樣一來，即便是在酷熱的天氣下，我仍然能夠外出，並享受在傘的遮蔭下所帶來的涼爽。不需要用傘的時候，我可以把它收起來夾在胳膊下，十分方便攜帶。

此後的五年，我的生活環境和生活方式基本上沒有什麼太大的改變，也沒有發生什麼特別的事。我每年按時種大麥和稻子及晒葡萄乾，並把這些東西貯藏起來，供自己食用。此外，就是天天帶槍出門打獵。

這段期間，我又為自己做了一艘獨木舟。為了把獨木舟引入半英里外的小河，我挖了一條六英尺寬、四英尺深的運河。做這艘獨木舟花了我將近兩年的時間。

與前一艘獨木舟相比，這艘顯然小太多了，我不可能乘著它橫渡到對面的陸地。但現在既然有了這艘小船，我就可以繞島航行一圈，看看海島其他沿岸地區。

我在船上裝了一根小小的桅杆，還用帆布做了個帆。接著，我在船的兩頭都做了個小抽屜，用以存放糧食、日用品和彈藥，免得被雨水或浪花濺濕。另外，我又在船舷內挖了一條長長的凹槽放槍，還做了塊垂板蓋住長槽，防止槍枝受潮。

在這個海島第六年的十一月六日，我展開了這次環繞海島的航行。當我航行到東邊時，不幸被一大堆礁石擋住了航道。礁石向海裡延伸，差不多有六海里遠；礁石外面還有一片沙灘，約有一海里寬。為了觀察四周的海域，我下錨把船停好，然後登上一座可以俯瞰海岸的小山。在山頂上，我清楚看見礁石的全部範圍，同時也看到有一股很強的急流向東流去。如果我把船駛進這股急流裡，船就會被沖到外海去，再也回不來這座島了。

後來，我又發現島的另一邊也有一股同樣的急流，而且海岸底下還有一股強烈的漩渦。這時，風正從東南方吹來，與這股急流的方向相反，在礁石附近形成洶湧的浪濤。我的獨木舟怎麼走都不安全，所以我就留在小山上休息了兩天。

第三天早晨，海面上風平浪靜，我決定冒險繼續前進。可是獨木舟剛靠近那堆礁石就碰上了一股急流，把我的船一直向前沖去。我拚命划船，使盡全力想讓獨木舟沿著這股急流的邊緣前進，卻毫無用處。此外，島的兩邊都各有一股急流，它們必然會在幾海

里外匯合，到那時我將必死無疑。

這股回流一直把獨木舟往島的方向沖了約三海里後，就再也不向前推進了。這時，我發現自己正處在兩股急流之間，而且已經相當靠近島。這裡海面平靜，而且有一股順風。

我乘風向島上划去，但獨木舟的航行速度仍舊非常緩慢。大約在下午五點鐘，我終於到了離島只有一海里的地方，這一帶風平浪靜。我把獨木舟划進岸邊的一個小灣裡，藏在樹底下後，便上岸了。

環顧四周，我很快就發現這裡離我上次徒步旅行抵達的地方不遠，所以我只從船上拿了槍和傘就出發了。經過這次艱辛又危險的航行之後，我覺得還是在陸地上旅行比較輕鬆愉悅。

傍晚時分，我回到了我的鄉間別墅。我爬過圍牆，然後躺在樹蔭下休息。由於實在是太睏了，所以沒多久就睡著了。忽然，有一個聲音叫著我的名字：「魯賓遜！魯賓遜！」我瞬間被驚醒，只是還處在半睡半醒的狀態。那聲仍不停叫著：「魯賓遜．克魯索！可憐的魯賓遜．克魯索！你在哪兒？你去哪兒啦？」這時，我已經完全清醒，立刻從地上爬了起來。結果，我才發現原來是我養的那隻鸚鵡在對我說話，而這些話正是我

平常教牠的。牠已經將這些話學得維妙維肖了。

我感到奇怪，為什麼牠又飛回到這裡？但在我確定對我說話的不是別人，而是我那忠實的鸚鵡後，心就定下來了。我伸出手來，叫了一聲「波兒」，牠便像往常一樣飛到我的大拇指上，接連不斷地對我叫著「可憐的魯賓遜．克魯索」，彷彿很高興又見到我似的。待體力完全恢復後，我就帶著牠回海濱老家了。

我本來想將獨木舟弄到老家這邊來，但卻想不出任何可行的辦法。島的東邊我已經去過了，萬萬不能再去冒險；而我對島的西邊的情況又一無所知，如果那裡也有急流衝擊海岸，我就會像上次那樣被捲進去，並沖到海裡。

想到這些，我毅然決定不要那艘獨木舟了，儘管我花了近兩年的時間才將它完成，又花了幾個月的時間將它引入海裡。

雖然我放棄把獨木舟帶回老家，但我還是會常常去看它，並且將船上的東西整理得井井有條。我的鄉間別墅位於我泊船的地方和我的海濱住所之間，所以每次去泊船的地方時，我總要在鄉間別墅停留。

一天中午，正當我走向我泊船的地方時，忽然在海邊發現了一個人的腳印！那是一個赤腳、且清清楚楚地印在沙灘上的腳印！我嚇傻了，呆呆地站在那裡，猶如被雷擊中。

我環顧四周，側耳細聽，卻什麼也沒看到，什麼也沒聽到。我跑上小山向遠處眺望，又在海岸邊來來回回跑了好幾趟，但還是找不到可疑的人物。

這個腳印到底是怎麼留下來的呢？我不知道。這個突然出現的腳印讓我心煩意亂，最終像發了瘋一樣往自己的海濱住所飛奔而去。膽戰心驚的我邊跑邊回頭，察看後面有沒有人追上來。遠處的小樹叢和枯樹枝就像人影般，不時在我眼前隱隱晃動，讓我不寒而慄。

我一跑回自己的住所堡壘，就迫不及待地爬了進去。跑進了自己的藏身之所後，我的內心依舊非常恐懼，心臟撲通撲通地狂跳，就像一隻受驚的野兔般，驚慌地竄進了自己的草窩裡。

我徹夜未眠，而且還疑神疑鬼地滿腦子胡思亂想。有時候，我想：那會不會是魔鬼在作祟？有時候，我又想：別人怎麼會跑到那裡去？把他們送到島上的船在哪裡？別的腳印在什麼地方？一個人又怎麼會去那邊？

最後，我得出一個結論：「一定是海島對岸大陸上的野人來到了這裡！他們的獨木舟可能因為捲入急流或碰上逆風而被沖到海島上，上岸停留後又回到了海上。不然，我早該發現他們了！」

可是沒多久，我又開始胡思亂想了。我甚至想：他們可能已經發現了我的獨木舟，並且發現島上有人。那樣，他們一定會找來更多的人把我吃掉，或者把我的穀物毀掉，把我馴養的山羊劫走，讓我活活餓死。

一陣疑神疑鬼後，我忽然又想：那個腳印也許是我下船上岸時留在沙灘上的。這個想法讓我心裡一下子就寬慰了許多，而且竭盡可能地讓自己相信：那確實是自己的幻覺，那只不過是自己留下的腳印而已。因為，我既然可以從那兒上船，當然也可以從那兒下船上岸。更何況，我自己也無法確定哪兒我走過，哪兒我沒走過。如果最終證明那只不過是自己的腳印，我豈不成了個大傻瓜，就像那些編造鬼怪恐怖故事的傻瓜，沒有嚇倒別人反而嚇壞了自己！

因此，我鼓起勇氣，想到外面去看一看。我已經三天三夜沒有出門，家裡的糧食已經快吃完，只剩下一些大麥餅和淡水，而且我的山羊也該擠奶了。

我一連跑出去擠了三天羊奶，都沒有發現異常的情況。於是，我的膽子大了一些。為了能夠確定那個腳印就是自己的腳印，我決定到海邊親自再看一看，比對那個腳印和我的腳是不是一樣大。但是我到那裡才發現：當初我停放獨木舟時，絕對不可能在那裡上岸！而且我的腳比那腳印小多了！

於是，我又像第一次發現腳印那樣戰戰兢兢、心神不寧。為了防備野人的侵襲，我決定在住所堡壘的圍牆外再築一道半圓形的防禦工事。那些樹本來就種得非常密集，所以我只要在樹幹之間再打一些木樁就行了。現在我有兩道牆了，並且我還在牆上開了七個小洞，這七個小洞可以用來放我的短槍。我從破船上拿了七支短槍，然後把槍安置在七個洞裡，並用架子撐好，讓它們看起來很像七尊大炮。這樣在兩分鐘之內，我就可以連開七槍了。

不到五、六年的工夫，我的住所前面就有了一片又濃又密、幾乎無法通行的森林，誰也想不到樹林後面有人住在那裡。而且，我也沒有在樹林裡留出小路。我進出住所用的是兩架梯子，樹林側面岩石較低的地上有一架，岩石上凹進去的地方有一架。只要把梯子拿走，誰也進不了我的堡壘。

為了確保我那些羊群的安全，我在海島最幽深的地方找了一塊非常隱祕的地方，築起圍籬，將羊群圈養在裡面。

我在這種疑懼憂慮、忐忑不安的心情中過了三年。除此之外，我日日夜夜都在思考，要如何才能趁那群野人在進行殘忍的食人宴時將他們全部殺掉，並且把他們帶到島上的受害者給救出來。

我的腦子裡充斥著各式各樣的計畫，同時，每天上午我都會到小山坡上觀望海上有無船隻駛進小島，或從遠處朝小島駛來。就這樣一連守了兩、三個月，依然毫無斬獲，這讓我開始對這件苦差事感到厭倦了。

於是，我開始對自己的計畫改變了想法，並開始冷靜地思考自己的行動。我想：「這麼多世紀以來，上天都容許這些人不斷互相殘殺而不懲罰他們，那我又有什麼權力和責任擅自將他們處死呢？」

其次，我又想到：「儘管他們用殘暴不仁的手段互相殘殺，但他們並沒有傷害我。在這種情況下，我若主動攻擊他們，那就太沒有道理了。我如果那樣做，無異是承認那些西班牙人在美洲的暴行是正當的。」

基於上述考量，我中止了執行主動攻擊野人的計畫。我現在應該做的是盡可能隱蔽好自己，並且不能留下任何會讓他們懷疑有人居住在這座島上的蛛絲馬跡，以防野人對我進行攻擊。

首先，我把獨木舟轉移到島的東邊。我在一個高高的岩石下面發現了一個小灣，於是將船隱藏在那個小灣裡，因為那裡有一股急流，所以野人肯定不敢划船從那裡進來。同時，我也把船上所有的東西通通清空，以免暴露自己的行蹤。

為了保護自己的安全，我現在連一個釘子都不敢釘，一塊木頭都不敢劈，生怕弄出聲音被別人聽見，更別提開槍了。我尤其怕白天生火，因為這樣會增加被人看見的風險，暴露自己的蹤跡。所以，每當烹煮食物，我都會到自己的鄉村別墅去。

後來，我想出了一個辦法來解決煮食的難題。我按照在英國看到的方法，拿了一些木頭放在草皮泥層下燒，將木頭燒成木炭，熄火後再把木炭帶回家。這樣我就可以在家裡用木炭煮東西，避免冒煙而被人發現。

一天清晨，天尚未全亮，我就出門了。只見小島盡頭的海岸上一片火光，離我所在的地方大約有兩英里遠，這使我驚恐萬分。那裡是我發現過野人足跡的地方，而且火光極為靠近我的住所。

在這危急的關頭，我立即向我的海濱住所飛奔而去，爬進了圍牆，將梯子都收起來，並且儘量將圍牆外偽裝成荒無人煙的樣子，然後，我在堡壘內做好防禦野人侵襲的準備。我把所有的手槍和炮全都裝好彈藥，決心與野人抗戰到底。

我大約等了兩個小時，心急如焚地想知道外面的情況。最後，我實在坐不住了。於是，我將梯子搭在岩壁旁邊，然後登上山頂，拿出望遠鏡，仔細觀察小島盡頭的海岸。我看見那裡大約有十個赤身裸體的野人，他們正圍著一堆火站著。因為天氣很熱，所以

他們生火並不是為了取暖。我想，他們一定是帶來了俘虜，在燒烤人肉。後來，他們還跳了一個多小時的舞，個個手舞足蹈，但我分辨不出他們是男是女。

他們停了兩艘獨木舟在岸上，而此刻正好退潮，所以大概要等潮水來了他們才會走。過了一陣子，情況果然不出我所料，在潮水西流時，他們就坐上獨木舟，划著槳離開了。

一看見他們的船離開，我立即拿了兩支鳥槍背在肩上，然後把兩支手槍掛在腰帶上，又取了一把沒鞘的大刀懸在腰間，飛快地向岸邊的一座小山跑去。那裡正是我第一次發現野人蹤跡的地方。到了小山上，除了剛才那兩艘獨木舟以外，我還看到另外三艘獨木舟。他們在海面上會合後，隨即往對面那片陸地的方向划去了。

我小心翼翼地走到岸邊，看到了他們殘忍殺害同類的殘跡，血漬、人骨、人肉全都歷歷在目。我可以想像他們當時一邊吞食人肉，一邊歌舞歡呼的場面。憤怒之餘，我只覺得腸胃一陣絞痛翻騰，忍不住乾嘔起來。這不禁讓我重新想起屠殺野人的計畫，我憤憤地想：「下次若再讓我碰到他們，不管是什麼部落的，也不管來多少人，我一定要將他們趕盡殺絕！」

但是，在往後一年多裡，我再也不曾見過他們。

# 第六章　野人〈星期五〉

現在正值雨季三月。夜裡，我躺在吊床上，輾轉反側，難以入睡。我很健康，沒有病痛，沒有什麼不舒服，心情也很平靜，可是怎麼就是睡不著。回想起這二十四年來流落荒島的孤寂生活，我不禁有些感嘆。

這些年來，我依靠自己機靈的頭腦和勤勞的雙手，將生活打理得充實舒適。但是，有一個苦惱常常擾亂我的平靜。那就是：形單影隻的我沒有一個人可以交談，唯有孤寂總是如影隨形。而且，我時常擔心野人會再度出現，要是落入他們手裡，我大概就凶多吉少了。

我無法控制自己大腦的思緒，整天思考著如何渡海到對面的陸地。我認為自己目前的處境已經是最悲慘的了，除了死亡，其他任何不幸都比我現在的情況強。我想，只要到了那裡，我就能夠得救。即便碰到最壞的結果，也不過就是一死，這樣倒好，一了百了，我就可以不用再吃苦頭了。

我之所以會如此心煩意亂，是因為我一直希望能夠有遇難的船隻漂來，找到可以

交談的同類，並且從他們那兒瞭解一些情況，譬如：我目前究竟在哪裡、有沒有脫險的可能等等。然而，這麼長時間以來我仍舊一無所獲，所以才產生了渡海去對面陸地的想法。這種想法一天比一天強烈，每每想到激動之時，我就熱血沸騰、頭腦發熱。

後來我想到，若想擺脫孤島生活，唯一的辦法就是弄到一個野人，而且最好是其他野人準備吃掉的俘虜。可是要進攻這麼一大群野人，並把他們殺得片甲不留，這種做法可以說是孤注一擲，而且困難重重。再說，一想到要殺那麼多的人、流那麼多的血，我的內心就不禁顫抖起來。

我的內心開始激烈地掙扎，十分矛盾。最後，讓自己脫離孤單的心願戰勝了一切，我決定不惜一切代價來得到一個野人。

我認為自己完全有能力駕馭一個野人，只要我能把他弄到手就行了。我可以叫他成為我的奴隸，要他做什麼他就做什麼，並且讓他沒有辦法傷害我。

自從我有了這些想法以後，時間大約又過了一年。

一天清晨，我忽然看到五艘獨木舟在島的這一頭靠了岸，而船上的人都已經上了島。這龐大的人數把我的計畫徹底打壞了，因為我知道一艘獨木舟通常能載五、六個人，有的時候甚至更多。現在一下子來了這麼多艘船，起碼有二、三十個人上岸，我一個人要怎樣對付他們呢？

我站在小山上，儘量不把頭露出來，以免被他們看見。我拿起望遠鏡開始觀察，發現他們至少有三十個人，而且已經生起火開始煮肉了。同時，他們還不停地手舞足蹈，圍著火堆跳舞。

我從望遠鏡裡看到他們從獨木舟裡拖出了兩個可憐的野人，準備上岸屠殺。其中一個野人被木棍和木刀亂打亂砍一陣後，隨即倒了下去，接著有三個野人過來將他開膛破肚，準備煮了來吃。另一個俘虜則被放在一邊待宰，等時候到了他們再拿他開刀。這個可憐的野人看見自己的手腳被鬆綁，而且沒有人管他，便立即跳起身，沿著海岸向我的住所這裡飛奔而來。

我想，那些野人一定會全部上前追趕他。於是，我站在原地，一動也不動。結果，我只看到三個野人追上來，這讓我的膽子變大了一點。我發現那個野人比追他的那三個傢伙跑得快很多，並將他們越甩越遠。只要他再跑半個小時，必定能擺脫他們。這不由得使我勇氣倍增。

他們和我的海濱住所之間有一條小河，那個逃跑的野人必須游過小河，才能逃離追捕。逃跑的野人一到岸邊，就毫不猶豫地跳進河去，只划了三十幾下便成功過了河。追他的三個野人中有一個不會游泳，只能站在河邊看另外兩人過河。他們至少花了一倍的時間才游過

河的對岸，而那個沒渡河的野人默默回去了。

這時候，我的腦中產生了一個強烈的慾望：「我要找一個僕人，而現在正好有這個機會，說不定我能找到一個好夥伴、好幫手！」於是，我立即爬下梯子，拿上兩支槍，然後再迅速爬上梯子，越過山頂，朝海邊跑去。

此刻的我，正在那個逃跑的野人和追趕他的人之間。我向那個逃跑的野人大聲呼喊，他回頭向我這邊看了看，似乎對我非常害怕，就像害怕追趕他的野人那樣。我一邊用手勢示意他到我這裡來，一邊慢慢向後面的兩個野人走去，等他們走近時，我便一個箭步衝到其中一個野人面前，用槍桿將他打倒在地。我不想開槍，深怕槍聲會讓別的野人聽見。第一個野人被打倒後，另一個野人也因為我的舉動嚇傻而呆立在原地。我急忙向他跑去，但此時他正要朝我放箭，所以我不得不向他開槍，一槍將他斃命。

那個可憐的人見到他的兩個敵人倒下，整個人呆若木雞，看來被槍聲和火光嚇傻了。他既不前進也不後退，表情看起來卻是很想逃跑的樣子。我大聲對他喊話，做出各種手勢，想要叫他過來。他向前走了幾步後又停下來，再向前走幾步又停下來。他以為他已經成為了我的俘虜，而我會像殺他的敵人那樣殺死他，面露驚恐而且渾身顫抖。

我又向他招手，叫他靠近我，並做出各種手勢叫他不要害怕，他這才慢慢向我走了

過來。他每走一、二十步便跪地一次，似乎是在感謝我救了他的命。我對他微笑，並和藹地向他招手，讓他再靠近一點。

最後，他走到我的面前，再次跪下來吻著地面，又將頭貼在地上，並把我的一隻腳放在他的頭上，似乎在表明：「我是你的奴隸。」我把他扶起來，和氣地拍拍他的肩，叫他不要害怕。

就在這時，我發現：剛才被我用槍桿打倒的那個野人並沒有死，只是昏倒了。我指了指那個野人，向他示意那個人還沒死。他看了之後，對我嘰哩咕嚕地講了許多話。我不明白話的意思，但這是我二十五年來第一次聽到有人跟我說話，所以那話語特別地悅耳動聽，讓我的心底不禁湧起一股暖意。

那個被打昏的野人漸漸甦醒過來，並從地上坐了起來。在我舉起槍正準備射擊時，我那野人（我就這樣叫他了）做了一個手勢，要我把掛在腰間的那把沒有刀鞘的腰刀借給他。我把刀遞到他手裡，他一拿到刀就立即跑向他的敵人，手起刀落，一刀砍下了那個野人的頭顱。然後，他帶著勝利的微笑回到我身邊，恭敬地用雙手把刀遞給我，並把那個野人的頭顱放在我腳下。

但是，最讓他感到驚訝的，是我怎麼能從這麼遠的距離把另一個野人打死。他用手

指了指那個野人的屍體，要我讓他過去看一看。他走到那個野人身邊後，不由得驚呆了。他兩眼發直地盯著野人，然後將屍體翻來翻去，想看個明白。他看到槍眼在那野人的胸部，子彈在那裡貫穿了一個洞。

接著，他取下那野人的弓箭回到我面前。我用手勢告訴他可能會有更多的敵人追上來，叫他趕快跟我離開這個地方。他懂了我的意思，並用手勢告訴我要把那兩個野人的屍體掩埋起來，以免讓追上來的野人發現我們的蹤跡。我覺得有道理，就做手勢叫他照辦。他只花了一刻鐘的時間，就把兩具屍體埋好了。

我把他帶到島另一頭的洞穴裡，拿了一些麵包和葡萄乾給他吃，又給他一些水喝。他早已饑渴不堪，於是狼吞虎嚥，一會兒就吃完了。我在洞裡一塊乾燥的地方鋪了一堆乾草，然後在上面放上一條毯子，並比了個手勢叫他躺下來睡覺。這個可憐的人一躺下就呼呼大睡了。

我那野人五官端正、眉目清秀，非常英俊，臉上還有一種男子漢的英雄氣概。他的個子很高，身材修長挺拔，四肢健碩結實，棕色的皮膚閃閃發亮，年紀看起來大約二十六歲左右。

他醒來後，我給他取名為「星期五」，因為這是我救他的那一天。我把他的名字告

訴他，然後教他叫我「主人」，還教他說「是」和「不是」，並告訴他這兩個詞的意思。

晚上，我和他在洞穴裡睡了一夜。天一亮，我就叫星期五和我一起出去，因為我要給他一些衣服穿。當我們走過昨天埋下兩具屍體的地方時，星期五把那個地方指給我看，並表示要把屍體挖出來吃掉！對此，我非常生氣，並且向他表明：「我對這種喪失人性的行為深惡痛絕。」我向他招手，要他離開，於是他馬上順從地跟著我離開了。我把他帶到小山頂上，用望遠鏡向他們昨天聚集的地方察看，發現獨木舟都不在，看來他們已經上船離開了。

我給了星期五一把刀，還讓他幫我背一支槍。然後，他自己又將弓箭背在身上。我自己則是背了兩支槍。武裝好後，我就壯著膽子帶星期五來到昨天野人們聚集的地方。到了那裡，呈現在我們面前的是一片慘絕人寰的景象：遍地都是死人骨頭，鮮血染紅了土地。星期五用手勢告訴我，他們一共帶了四個俘虜來這裡，其中三個已經被吃掉了，而他是第四個。

我讓星期五把所有的人骨、人肉和那些野人吃剩的東西通通收集成一堆，然後點火將它們全部燒成灰燼。我看到星期五還對那些人肉感興趣，便對他做手勢表明我對此事的厭惡，還說如果他再吃一口人肉，我就把他殺了！他這才不敢再對人肉有所留戀。

然後，我把星期五帶到我的海濱住所。我給了他一條麻紗短褲。又替他做了一件羊皮背心。當星期五看到自己穿得幾乎和主人一樣好時，顯得非常高興。

為了在確保自己的人身安全之餘安置星期五，我在兩道圍牆之間的空地上，替他搭了一個小小的帳篷。此外，我每天晚上都把武器放在身邊，以備不時之需。

但後來我發現，我其實根本不用對星期五採取任何防範措施，因為他為人忠厚老實，性格活潑開朗，是個既聽話又可愛的僕人。

他對我的感情就像是孩子對待父親一樣，無論何時何地，他都願意用自己的性命來保護我。我對他非常滿意，所以決定教他做各種事情，並且教他說英語。

我為了幫助星期五戒掉吃人的壞習慣，便決定讓他嚐嚐其他肉類的味道。一天早晨，我帶他到樹林裡，半路上看到一隻母羊和兩隻小羊，於是開槍打死了一隻小羊。可憐的星期五自從上次看到我用槍打死了他的敵人後，一直不明白我是怎麼把他打死的，所以這次看到我開槍，他還是非常驚恐，而且渾身顫慄。他扯開自己的背心，在身上摸來摸去，想看看自己有沒有受傷。接著，他飛快地跑到我面前，雙膝跪地，請求我不要殺他。原來，他以為我開槍是為了殺他！

我一邊把他扶起來，一邊哈哈大笑。我做手勢讓他相信我很喜歡他，絕不會殺他，

並讓他把遠處那隻被打死的小羊拿過來。他看著被打死的小羊，依舊百思不得其解，不知道小羊究竟是怎麼被打死的。

晚上，我把小羊剝了皮，並將羊肉切成小塊，放在一個專門煮肉的罐子裡烹煮，做了鮮美的羊肉湯。我把羊肉湯盛給星期五，他吃了之後覺得非常美味。但當他看到我往肉湯裡放鹽時，便向我做手勢表示鹽不好吃，還把鹽放在嘴裡，做出嘔吐的樣子。我也拿了一塊沒有加鹽的羊肉放在嘴裡，假裝嘔吐，表示沒有鹽我就吃不下去。但一直到很久以後，星期五還是只肯在食物裡放一點點鹽。

吃過羊肉湯後的隔天，我又請星期五吃烤羊肉。我用英國式的烤肉法：先在火堆的兩邊各插一根分叉的樹枝，然後在上面橫放一根木棍，接著，用繩子將羊肉掛在木棍上，讓它不斷地轉動。星期五對這種烤肉法感到十分訝異，可是當他吃到肉香味美的烤羊肉以後，便想盡各種方式告訴我烤羊肉是多麼地好吃。最後，他告訴我：他再也不吃人肉了。聽到他講這句話，我感到無比的欣慰和高興。

之後，我開始教他打穀，並把穀篩出來。我讓他照著我的方法去做。不久之後，他打穀和篩穀的工作都做得差不多和我一樣好了。而且當他明白做這工作可以為我們做出美味的麵包，就做得更賣力了。我等他打完穀、篩完穀之後，就讓他看我製作麵包、烤

麵包。沒過多久，他也能做麵包和烤麵包了，並且做得很出色。

由於現在多了一個人吃飯，所以我必須多開闢一點土地、多種一些稻麥。於是，我又找了一塊較大的土地，並把土地圈圍起來。我告訴星期五，因為現在多了他，所以我們得多種些稻麥和做更多麵包才能溫飽。而他似乎非常理解我的心情，因此做事的時候總是高高興興的，非常主動又賣力。他還告訴我：他明白我為他做的事比為自己做的事還多，所以只要我吩咐他辦事，他一定會盡心盡力地做好。

這是我來到荒島後度過的最幸福的一年，因為我多了星期五的陪伴。而且他的英語也已經說得非常好了，既能明白我讓他拿的每一樣東西的名稱，也清楚地知道我讓他去的每一個地方的地名。以前，我很少有機會說話；現在，他每天都和我聊天，我的舌頭終於又可以用來說話了。此外，他為人真誠純樸、直率開朗，與他的對談真是無比快樂。我是真的打從心底喜歡他！

文明

# 第七章　逃生的曙光

我與星期五相處得非常融洽，和樂融融。為了能對他有更多瞭解，有一天，我問他：

「你的部族在戰爭中是否從來不打敗仗？」

他回答：「是的，我們一直比別人強。」

「既然你們比別人強，」我問，「那你怎麼會被抓住，成了俘虜呢？」

星期五說：「雖然我被抓，但我的部族打了勝仗。」

我問：「怎麼打勝的呢？」

星期五說：「在我打仗的地方，他們的人比我們多。他們抓住了一個、兩個、三個，還有我。在另一個地方，我的部族打敗了他們，在那裡，我們抓住了他們一、兩千人呢！」

我問：「可是，你們的人怎麼不把你們救回去呢？」

星期五回答：「他們把一個、兩個、三個，還有我放在獨木舟上落跑了，那時我們部族正好沒有獨木舟。」

我問：「星期五，你們的部族怎麼處置抓到的俘虜呢？他們是不是也像你的敵人那樣，把俘虜送到一個地方後殺了吃掉？」

星期五說：「是的。我們的部族也吃人肉，他們會把俘虜通通吃光。」

我問：「他們把人帶到哪裡去呢？」

星期五說：「帶到他們想去的地方。」

我問：「他們有來過這個島嗎？」

星期五回答：「是的，他們來過。」

我問：「你跟他們來過這裡嗎？」

星期五回答：「是的，我來過這裡。」

我鼓起勇氣，將星期五帶到島的另一頭，也就是我曾經看過人骨的地方。他馬上認出了那個地方，還告訴我他來過這裡一次，吃了二十個男人、兩個女人和一個小孩。由於他還不會用英語數到二十，所以便用許多石頭在地上

排成一長排，然後指著石頭，告訴我數目。此外，我還向星期五詢問了這一帶的地形、洋流、海岸，以及附近居住什麼民族，而他都毫無保留地告訴了我。

在和星期五相處的三年裡，我和他成了好朋友。我把自己的身世告訴他，也把歐洲的情況，特別是故鄉英國的情況說給他聽，告訴他我們是怎樣生活的；我還告訴他我是如何流落到這個海島上、如何在這裡生活，以及在這裡待了多少年；我甚至把火藥和子彈的祕密都告訴了他，並教他開槍。他開心極了。

某天，我把他帶到海岸邊，並把我遇難逃命時翻覆的那艘救生艇指給他看。現在，這艘小艇已經差不多破爛不堪了。星期五盯著小艇出神地看了許久。我問他在想什麼，他說：「我見過這樣的小船去到我們部落的地方。」經過我詳細追問，才知道：曾經有一艘和這一模一樣的小艇在星期五他們住的地方靠岸，是被強烈的風浪刮過去的。我猜想，一定是有一艘歐洲的商船在他們的海岸附近失事了。

星期五補充說道：「我們還從海裡救出了一些人。」

「小船上有沒有白人？」我問。

「有，滿滿一船都是白人。」星期五回答。

「一共有多少白人？」我又問。

星期五扳著手指頭告訴我：「一共有十七個。」

「他們現在在哪裡？」我問。

星期五回答說：「他們都活著，就住在我們的部落裡。」

星期五還告訴我，他們現在仍然住在那裡，已經住了四年了。野人們對他們很好，還給他們糧食吃。星期五稱那些白人為「有鬍子的人」，所以我猜想，他們不是西班牙人，就是葡萄牙人。

我問星期五怎樣才能到有那些白人的島上去，他對我說：「可以坐兩艘獨木舟去。」我原先不明白他說的「兩艘獨木舟」是什麼意思，最後費了一番功夫才弄清楚。原來，他的意思是要用一艘很大的船，而且要像兩艘獨木舟那麼大。

星期五說的話讓我非常感興趣。從那天起，我就懷抱著滿心的希望，希望有一天能有機會逃離這個荒島，而且指望星期五能夠幫助我實現這個願望。

一天，天氣晴朗，我和星期五偶然來到海島東邊的那座小山頂。星期五全神貫注地朝大陸的方向眺望，還突然手舞足蹈起來，甚至把我也叫了過去。

「哦！我真高興！我看到了我的家鄉！我看到了我的部落！」星期五的臉上流露出一種超乎尋常的欣喜之情，他兩眼露出幸福、嚮往的神色，似乎已經回到自己的故鄉。

這種情形讓我不由得對星期五起了戒心，我害怕他會將他的同族帶到這座島來，一起將我吃掉！

有一天，我們又走上了那座小山。我問星期五：「星期五，你想回到自己的故鄉，回到自己的部落嗎？」

「是的，我很想回到自己的部落，但我無法游那麼遠。」他說。

「你打算回去做什麼呢？你還要重新過野蠻的生活，再吃人肉嗎？」我問。

他鄭重其事地搖頭說：「不不不，星期五要勸他們做好人，還要告訴他們要吃麵包、吃羊肉、喝羊奶，不要再吃人肉。」

我說：「那他們就會殺死你。」

他一臉嚴肅地說：「不，他們不會殺死我。他們愛學習新事物。」

他又說他們從小艇上來的白人那裡學了不少新東西。聽完後我告訴他，我可以替他做一艘獨木舟，讓他回到自己的家鄉。他說，只要我願意跟他去，他就回去。

我說：「我去了，他們不會把我吃掉嗎？」

「不會的，不會的。我會叫他們不要吃你，我會告訴他們是你救了我。我會叫他們愛你，很愛很愛你。」他還竭盡所能地向我描繪他們如何善待那十七個白人。星期五的

一番赤誠深深地感動了我。

過了幾天，我帶著星期五外出工作，並把他帶到海島另一頭我停放獨木舟的地方。我之前一直將船沉在水底下，所以到那裡之後，我先是把獨木舟裡的水排乾，讓獨木舟從水裡浮上來，再和他一起坐上去。我說，我要把這艘獨木舟給他，讓他回到自己的部落。

星期五是一個划船高手，船划得比我快一倍。當我問他能否駕船回他的家鄉時，他愣住了。後來我才知道他是覺得這艘獨木舟太小了，走不了那麼遠。

第二天，我帶星期五去我放第一艘獨木舟的地方，去看那艘我造了卻無法下水的船。但是，由於我沒有好好保存它，使它最終被太陽晒到龜裂後腐爛了。星期五告訴我這樣的船夠大了，可以承載足夠的食物和水。

此時的我，一心一意想坐獨木舟和星期五一起到對面陸地去。我對他說，我們可以一起打造一艘和我那艘一樣大的獨木舟，然後讓他坐上去划回家。沒想到，星期五難過地問我：「你為什麼生星期五的氣？我做錯了什麼事？」

「我沒有生氣。」

「沒有生氣？沒有生氣你為什麼要打發星期五回家？」星期五傷心地問。

「星期五，你不是說你想回家嗎？」

「是的。我想我們兩個人一起回去，不是星期五一個人回去。沒有你，我不會回家去的！」

「星期五，我去那裡能做什麼呢？」

星期五馬上回答說：「你能做好多好多事！你可以教他們成為善良的人、聰明的人，教他們過一種全新的生活。你能把我教好，也一定能把他們教好。」

「不行啊，星期五！」我說：「唉，你還是一個人回去吧！讓我一個人留在這裡，過以前的日子吧！」

星期五被我說的話弄糊塗了。他立刻跑去把他平常用的斧頭拿來，一把塞進我的手裡。

「你給我斧頭做什麼？」我問他。

「你拿它殺了星期五吧！你不要趕我走！」他說這些話的時候，眼裡充滿淚水，話語中一片赤誠。於是我對他說：只要他願意，我再也不趕他回家了！

談完後，我馬上就和星期五一起去找一棵可以打造巨大獨木舟的樹木，而且樹要靠近水邊，以免再犯相同的錯誤。最後，星期五找到了一棵合適的樹。我們用工具把樹木

挖空，經過一個多月的辛苦努力，終於把獨木舟造好了，而且造得非常漂亮。接著，我們又花了兩個多星期的時間，利用幾根大圓木一寸寸地把獨木舟推到水裡去。

這艘獨木舟即使承載二十個人也都綽綽有餘，我甚至還替獨木舟裝上了桅杆和船帆。我砍了一棵筆直的小杉樹，削成桅杆；找了兩塊帆布，花了不少時間和力氣，勉強做成一塊三角形的船帆。雖然船帆醜陋不堪，但樣子很像我們英國的三角帆。此外，我還在船頭做了一個前帆，以便逆風時能夠行船；在船尾裝了一個舵，這樣轉換方向時就可以行駛自如了；最後，我還替船加上錨和繩索。

獨木舟裝備完畢後，我就把使用船帆和舵的方法教給星期五。他很快就運用自如，只是他始終無法理解羅盤的用處。幸好，這一帶白天能看到海岸，晚上能看到星星，所以也不怎麼用得上羅盤。

仔細一算，我在這座海島上也已經住了二十七年了。我的面前終於出現了極大的希望，相信我很快就能夠逃離這裡，再一次回到自己的家鄉。

雖然知道自己在這裡只剩下不到一年的時間，但我還是像以前一樣，辛勤地耕作、挖土、築圍牆、養羊，以及採集葡萄晒成葡萄乾。我在這些日常工作中，慢慢地度過滿懷希望的日子。

# 第八章　文明的反擊

隨著天氣逐漸好轉，我又開始了冒險航行的計畫。我做的第一件事就是為航行儲備足夠的糧食，並打算在一、兩個星期之內將船放到水裡去。

一天早晨，我叫星期五去海邊抓一隻鱉回來。他才剛離去不久，就飛快地跑了回來，一個跨步翻越進圍牆，我還來不及問他怎麼了，他就大叫道：「主人，主人，不好了，不好了！」

「發生什麼事了，星期五？」我問。

「那邊有一艘、兩艘、三艘獨木舟。一艘、兩艘、三艘！」

聽完他的話，我以為一共有六艘獨木舟上岸了呢！後來我問了又問，才確定只有三艘。

可憐的星期五嚇壞了，他以為這些人是他們部落的仇人，是來找他的，他們這次來一定會把他剁成一塊塊吃掉。

我對星期五說：「不要害怕，星期五。我也面臨著同樣的危險，他們也會把我吃

掉。」我說：「不過，我們可以跟他們打一仗。你能打嗎？」

「可是他們的人太多了。」星期五憂慮地說。

「不用害怕。我們的槍就算打不死他們，也能把他們嚇跑。」我說：「我會保護你的，你也會保護我嗎？」

「你讓我死都行，主人！」星期五堅定地回答。

我倒了一大杯甘蔗酒給星期五，並叫他喝下去壯壯膽。等他喝完之後，我便開始整理武器。我叫星期五把我們經常使用的兩支鳥槍拿來，然後往

裡面裝上大號的沙彈。接著，我取了四支短槍，並在每支槍裡都裝上兩顆大子彈和五顆小子彈，又把兩支手槍各裝了一對子彈。最後，我在腰間掛上了那把沒有刀鞘的腰刀，並給了星期五一把斧頭。

準備好武器後，我便跑到山坡上觀察那些野人的動靜。透過望遠鏡，我一眼就看到了三艘獨木舟，上面總共有二十幾個野人，他們還帶來了三個俘虜。看來，他們是要到這裡再一次舉行野蠻的食人宴。

我注意到，他們這次登陸的地點更靠近我那條小河。看到他們上岸，並即將做出那殘忍、毫無人性的邪惡勾當，讓我感到極度憎惡。我帶著滿腔怒氣，匆匆跑下了山。

我告訴星期五：我要將這些野蠻人趕盡殺絕！大概是因為酒精起作用的緣故，星期五現在已經不再感到害怕，反而精神大振。他聽了我的話後十分興奮，並且向我表示：即使讓他死，他也在所不惜。

我把整理好的武器分成兩份，並交給星期五一支手槍，讓他插在腰帶上；又交給他三支長槍，讓他背在背上；而我自己也拿了一支手槍和三支長槍，還在背心口袋裡放了一小瓶甘蔗酒。全副武裝之後，我們就出發了。

我再三叮嚀星期五要聽我的指揮行事，並且緊緊跟在我的身後，沒有我的命令，不

准隨便開槍，也不准隨意行動和說話。我從右邊繞過小河，鑽到樹林裡去，打算趁野人發現我們之前，把他們控制在射程範圍之內。因為有望遠鏡，要做到這一點並非難事。

下定決心後，我們便一直走到樹林的外緣。到了那裡，我悄悄示意星期五躲到最外側的一棵大樹後面觀察，如果能看清楚他們的行動，就回來告訴我。他去了一會兒就回來告訴我說：「從那裡可以十分清楚地看見，他們正圍著火堆在吃一個俘虜的肉。此外，還有一個被綁著的俘虜躺在離他們不遠的沙灘上。」

星期五還說：「那個俘虜不是我們部落裡的人，而是上次曾跟你提過的那個流落到我們部落裡的白人。」

聽見這一消息，我不禁大吃一驚。於是，我走近那棵大樹，並用望遠鏡仔細觀察了一下，發現果然有一個白人躺在海灘上。他的手腳被捆綁著，身上穿著衣服，看樣子像一個歐洲人。這時，我發現大樹前方有一小叢灌木，那裡比我所在的地方更加靠近他們，僅有五十碼的距離。我藉著灌木的掩護，走到大樹背後的一個小高地，把野人們的一舉一動看得清清楚楚。

我看到其中十九個野人正彼此緊靠地坐在地上，另外兩個野人則被派去屠殺那個可憐的白人。我轉頭對星期五說：「聽我的命令行事，你看我怎麼做就怎麼做。明白了

嗎？」

「星期五明白！」星期五趕忙回答。

我把一支短槍和一支鳥槍放在地上，星期五見狀也跟著做了同樣的事情。然後，我拿起一支短槍瞄準野人們，並叫星期五也拿槍瞄準他們。

「準備好了嗎？」我問。

「準備好了！」星期五回答。

「開槍！」我們倆同時開槍。

星期五的槍法比我強多了。結果，他打死了兩個，打傷了三個；我則打死了一個，打傷了兩個。那群野人頓時嚇得魂飛魄散，對突如其來的攻擊根本來不及反應，一個個像無頭蒼蠅般到處亂竄。

接著，我拿起一支鳥槍，並閉起一隻眼瞄準敵人。星期五也依樣畫葫蘆。

我說：「星期五，準備好了嗎？」

他說：「好了！」

我立刻說：「開槍！」

語畢，我和星期五就向驚慌失措的野人們開槍。這一次，我們打倒了四個，打傷了

更多。許多野人受了重傷，全身是血，像發了瘋一樣亂跑亂叫。

我把鳥槍放下來，然後拿起裝好彈藥的短槍對星期五說：「星期五，你跟我來。」於是我們衝出樹林，出現在那些野人面前。當他們看到我們時，我馬上大聲吶喊，星期五也跟著我拚命地吶喊。我一邊喊一邊向那個可憐的俘虜跑去。

那個可憐的白人躺在沙灘上，原本正要動手殺他的那兩個野人聽到我們的槍聲，頓時嚇得魂不附體，丟下俘虜，就拚命朝海邊的獨木舟奔逃離去。

這時，那群野人中也有三個人往同樣的方向跑去。我吩咐星期五朝他們開槍，於是他飛快地追上那些野人，並朝他們開槍。最

終，他打死了兩個，打傷了一個。而受傷的那個已經倒在船艙，奄奄一息。

當星期五向那批逃到獨木舟上的野人開火時，我用刀子割斷了那個白人手腕上的繩子，替他鬆綁，然後把他從地上攙扶起來。我用葡萄牙語問他是哪個國家的人，他回答：「西班牙人。」

我見他渾身癱軟、疲倦不堪，幾乎沒有力氣說話，便趕緊拿出我口袋裡的甘蔗酒給他喝。他喝了幾口之後，我又拿出一塊麵包給他。他吃完後，精神稍微恢復了一點，便用各種手勢對我表示感激。我用自己僅知的幾句西班牙語對他說：「先生，感激的話以後再說，現在打仗要緊。你要是還有一點力氣的話，就趕緊拿上這支手槍和這把刀和我們一起戰鬥吧！」

西班牙人一拿到武器，身體裡彷彿產生出一股新的力量。他立刻向仇人們撲殺過去，一下子就砍倒了兩個。那些野人們頓時驚慌失措，甚至不知該如何逃跑。

此刻，我身上僅餘一支裝好彈藥的短槍可以用來防身。我把星期五叫過來，命令他趕緊跑到我們第一次開槍的那棵大樹旁邊，把放在那裡的幾支槍拿過來。不一會兒，他就取過來了。我把自己的短槍交給星期五，然後自己坐下來替所有的槍裝填彈藥，並告訴他需要用槍的時候可以隨時取用。

在裝填彈藥時，我發現那個西班牙人正在與一個野人搏鬥，打得不可開交。野人用一把木頭刀與西班牙人對戰，而這種木頭刀正是他們剛才準備用來殺他的武器。西班牙人雖然身體虛弱，卻異常勇猛，還在那個野人的頭上砍了兩個大傷口。而那野人也不是省油的燈，只見他向西班牙人猛撲過來，將他摺倒在地，然後把身體壓在他身上。結果，西班牙人急中生智，連忙鬆開手中的刀，並拔出腰間的手槍對準野人的腹部，一槍結束了他的性命。

星期五趁著沒有野人攻擊他時，拿起一把斧頭向那些落荒而逃的野人拚命追去。他先用斧頭結束了幾個受傷倒下的野人性命，再把他能追上的野人全部消滅。

西班牙人跑過來向我要了一支鳥槍，然後追上兩個野人，打傷了他們。不過他已經沒有力氣再追下去，所以兩個野人都逃進樹林裡去了。於是，星期五緊追到樹林裡砍死了一個野人。而另一個雖然受了傷，卻十分敏捷。他跳到海裡，拚命朝留在獨木舟上的野人游去。

由於害怕野人們逃走後會把消息帶回部落，日後再伺機捲土重來，所以星期五想坐上野人留下的獨木舟去追殺他們。我覺得星期五說得有道理，便立刻跳上一艘獨木舟，並叫他也快點上船。

可是，當我跳上獨木舟後，我發現裡面竟然還躺著一名俘虜—是個野人，而且他的手腳也被結結實實地捆綁著。由於他看不見船外的情況，不知道究竟發生了什麼事，所以嚇得渾身顫抖。加上他的脖子和腳被綁得太緊，並且應該已經維持了很長一段時間，所以此刻的他已經奄奄一息。

我立即把捆在他身上的繩子用小刀割斷，想把他扶起來，可是他連動一下的力氣都沒有，更別說站起來了。他以為我要殺他，所以嘴裡一直發出哼哼的聲音，樣子看起來非常可憐。

不一會兒，星期五上了船。我把酒瓶拿出來，讓星期五給那可憐的野人喝了幾口，然後告訴這個俘虜，他已經得救了。那個野人喝了酒，恢復了意識。星期五立刻緊緊抱住他，又是大笑又是大叫，像極了一個精神失常的瘋子。星期五就這樣瘋狂地鬧了半天，等他冷靜後，我才知道原來這個人是他的父親。

星期五見到他的父親起死回生後，露出如此欣喜若狂的表情及滿滿的孝心，讓我這個外人看了也深深為之感動。星期五一會兒跳上獨木舟，一會兒又跳下去，如此上上下下，不知道重複了多少次。每次上船，他總會把父親的頭緊緊地抱在自己的胸口，讓父親感覺舒適些。然後，他又跪在地上，將父親被捆綁得酸痛麻木的手腳放在自己的膝蓋

上輕輕揉搓，讓父親的疼痛獲得緩解。我見他這樣做，便倒了一些甘蔗酒給他，讓他用酒來按摩，告訴他這樣效果會更好。

為了照顧星期五的父親，我們決定不去追那艘獨木舟了。況且，他們也已經把船划得很遠很遠，連背影都看不見了。事實證明我們選擇不追擊是正確的，因為他們走後不到兩個小時，海面上就刮起了猛烈的強風，估計那些野人的小船大概還走不到四分之一的航程，就被這股強勁的逆風給吹翻了，就算不翻船，估計也不可能回到自己部落那頭的海岸。

看著星期五興奮的樣子，我實在不

忍心叫他做事。等我覺得他能夠稍微離開他父親後，才把他叫了過來。我問他有沒有給他父親吃一點麵包，他搖搖頭說：「沒有。麵包已經被我吃光了。」於是，我從自己的一個小袋子裡掏出一塊麵包，又倒了一些甘蔗酒，讓他把這些拿給他父親吃。

星期五把食物拿給父親之後，便立刻跳出獨木舟，飛快地向遠處跑去。不到十五分鐘，他就跑回來了。等他走近時，我才發現他手裡拿著東西。原來他跑回去拿了一個泥罐，並替他父親取來了一些淡水，還帶了兩塊麵包給我。

星期五給父親喝完水後，我便把他叫過來，問他罐子裡還有沒有水。他回答：「有。」於是，我叫星期五把水給西班牙人喝，又讓他拿了一塊麵包給西班牙人吃。那西班牙人正躺在樹底下休息，此刻的他已經一點力氣都沒有了。我走到他面前，給了他一把葡萄乾。他抬起頭來看著我，臉上露出感激涕零的神情。他的身體現在極度虛弱，手腳因為被捆綁得太緊而變得又腫又疼。他試著站起來，可經過兩、三次的嘗試，還是站不起來。

我叫星期五替西班牙人搓揉手腳，就像他為他父親按摩那樣。星期五一邊為西班牙人揉搓手腳，一邊不時地回頭看他的父親還在不在。一次，他發現父親不見了，便緊張地跑過去，仔細一看，才發現父親是是躺在獨木舟裡休息。

我叫星期五把西班牙人也扶到獨木舟裡，讓他和星期五的父親一起坐船到我的海濱住所去。星期五一聽我的吩咐，就把西班牙人背在身上，朝獨木舟走去。到了船邊，他先將西班牙人輕輕地放在船沿上，再把他托起來往裡面挪，把他安置在他父親的身旁。接著，他把船推到水裡，沿岸划去。把兩人安全地載過小河之後，他又折返回海岸來取另一艘獨木舟。當我從陸上走到小河邊時，他已經把另一艘獨木舟也推進河裡了。他先幫我渡過小河，然後再幫助西班牙人和他父親下船。可是，他們兩個都已經虛弱得無法走動，這讓可憐的星期五傷透了腦筋。

為了解決這個問題，我們做了一個類似擔架的東西，把他們兩人都放了上去，然後一前一後地抬著他們往前走。可是好不容易走到海濱住所的外圍，我們又再度遇到了難題。想背著他們翻過圍牆，是絕對不可能的事，所以我和星期五就在圍牆外的空地上，用舊帆布搭了一個臨時帳篷給他們。

現在，我的島上已經有三個居民了，我覺得自己彷彿是一個開疆闢土的國王。想到這裡，我的心底不由得湧起一股自豪感。

打點好他們休息的地方後，我便開始著手為他們準備一頓可口的飯菜。我先剁了一隻山羊後腿，切成一小塊一小塊的，再吩咐星期五用清水煮肉，然後在湯裡放了一點小

麥和白米，煮成味道鮮美的羊肉糊湯。

飯做好後，我在新帳篷裡擺了一張桌子，然後把飯擺到桌上，招呼大家一起吃。我邊吃邊和他們聊天。談話時，星期五充當我的翻譯，把我的話翻譯給他父親聽，也翻譯給西班牙人聽，因為那個西班牙人已經相當熟悉他們部落的語言了。

吃完飯後，我讓星期五划一艘獨木舟，去海邊把我們的短槍和鳥槍搬回來，因為當時時間緊迫，所以這些武器仍留在戰場上。第二天，我又叫他把那些野人的屍體掩埋，因為屍體若是在太陽下曝晒，肯定馬上就會腐敗。我也讓他順道將野人們舉行食人宴時留下的人肉和人骨一起埋掉，因為我實在無法再多看那些殘骸一眼。星期五很快就完成了任務，把戰場清理得乾乾淨淨。

雖然據我估算，那些坐獨木舟逃跑的野人應該無法回到自己部落那頭的海岸，但我還是非常擔心他們會捲土重來。於是，我問星期五的父親，那些逃跑的野人會不會帶著大批的野人上島來襲擊我們。但星期五的父親說，那些野人受了我們的突襲後，早就被我們的槍聲和火光嚇得魂不附體了，所以他相信，他們就算成功回到部落，也一定會告訴自己的族人，那些死在島上的人是被霹靂和閃電打死的。至於我和星期五，他們則會認為是上天派來消滅他們的復仇之神。他之所以那麼肯定，是因為他當時親耳聽到他們

用自己部落的語言，把這些話傳來傳去。

過了一段時間，我們一直沒有再看到野人的獨木舟出現，於是我害怕他們回來復仇的憂慮也就慢慢消失了。另外，我又重新開始考慮如何划船到對面陸地的問題。因為星期五的父親向我保證，如果我到他們部落那裡去，他們的族人一定會看在他的面子上，友好地接待我。

我把我的想法告訴了西班牙人。但就在我們促膝長談後，我又暫時打消了這個念頭，因為他告訴我，目前他們那邊還有十六名西班牙人和葡萄牙人。那些人自從船隻遇難，逃到那裡後，確實也和野人們相處得很好，但生活必需品卻十分匱乏，連維持基本生活都非常困難。

他還告訴我，他們本來也隨身帶了一些槍械，但所有的彈藥幾乎都被海水浸濕後，身邊僅剩的一點點彈藥也為了打獵充饑用完了，所以這些武器對他們而言，可以說已經是毫無用處了。

我問他：「那些人有沒有逃跑的打算？」

他說：「我們曾經不止一次商量過這件事，但不管怎麼商量，總是沒有結果。由於我們沒有船，也沒有造船的工具，更沒有糧食，所以最終只能一而再、再而三地屈就於

殘酷的現實。」

我又問他：「如果我向他們提議，讓他們都到我的島上來，大家一起造船逃生，他們是否會接受？」但我也表達了自己的疑慮：「如果我信任他們、幫助他們，他們最後會不會背信棄義、恩將仇報呢？」

他告訴我：「他們目前的處境非常艱難，大家都吃足了苦頭，而且生殺大權完全掌握在野人手裡。所以，他們對於任何能夠幫助他們脫離險境的恩人，絕對不會有一點忘恩負義的念頭。」

他又誠懇地告訴我：「如果您願意的話，我可以和星期五的父親一起去見他們，並慎重地與他們談談這個提議。如果您肯救他們出來，他們一定願意跟隨您。而且我也一定會跟他們訂好條件，讓他們宣誓絕對服從您的領導，同時還要他們以上帝的名義發誓對您效忠到底，而我本人也絕對不會背叛您。」

聽了西班牙人信誓旦旦的說詞，我決定盡一切可能把他的同胞們救出來。我想先派星期五的父親和西班牙人渡海去和那些船員商量。但是，當我們一切準備好，正要讓他們出發時，那個西班牙人卻突然提出反對的意見。

原來，西班牙人在和我們一起生活的這段日子裡，觀察了我們用以維持生活的方

式。他已經清楚地知道我們糧食儲備的量，如果不節約，這一點糧食已不夠我們四個人吃了，如果他再把同胞們帶來我們的島上，那麼糧食肯定不夠所有人吃。如果我們還要造一艘船航行到美洲，現在這些存糧絕對不足以應付整船的人全程吃飽喝足。因此，他提議，最好讓他和星期五父子再開墾一些土地，盡可能把我省下來的穀物全部當作種子播種入土，等再收穫一季的稻麥之後，再來討論這個問題也不遲。

他的顧慮合情合理，提出的建議也非常好，所以我不僅對他的才智非常賞識，也對他的忠誠極為滿意。於是，我們四個人便一起同心協力開墾土地。不到一個月的時間，我們就趕在播種季節來臨之前，在新的土地上種下了二十二蒲式耳的大麥和十六蒲式耳的稻穀。總之，我們把能省下來的全部穀粒都當作種子用了。

這段時間，大家同時也在思考脫險的辦法。為了能順利逃出荒島，我在幾棵適合造船的大樹上做記號，並叫星期五父子將它們砍倒，然後再讓西班牙人監督和指揮星期五父子進行造船工作。我還把自己以前削好的木板給他們看，告訴他們我是如何將一棵大樹削成木板的，並叫他們照著去做。最後，他們居然用橡樹做成了十二塊巨大的木板，每塊約二英尺寬、三十五英尺長、二至四英寸厚。可想而知，他們一定花費了很多時間和精力才完成這項工作。

同時，我又想盡辦法讓山羊再多繁殖一些。為此，我們每天輪流出門，捉了二十多隻小山羊回來，把牠們和原來的羊圈養在一起。

更重要的是，當晒製葡萄的季節來臨時，我們一起採集了大量的葡萄，並把它們掛在樹上晒乾。我們這次製成的葡萄乾足足可以裝滿六十到八十大桶。葡萄乾和麵包是我們日常生活的主要食品，而且葡萄乾既好吃又富有營養，是強壯身體及改善伙食的最佳食品。

收穫莊稼的季節到了。我們的收成很好，當初種下的二十蒲式耳的大麥居然收穫了二百二十多蒲式耳，稻穀收穫的比例也差不多。有了這些糧食，就算十六個西班牙人和葡萄牙人都到我的島上，也足夠所有人吃到下一個稻麥收穫季節。而且有了這些存糧，我們可以將船開到美洲大陸的任何一個地方。

當我們把稻麥採收完後，大家又一起動手編製一些藤皮大筐子來存放糧食。沒想到那個西班牙人是一個編製藤器的好手，他做得又快又好看，讓我們驚歎不已。

現在，我們已經有足夠的糧食接待對面的客人了，因此我決定讓星期五的父親和西班牙人一起渡海到對面陸地去。臨行之前，我千叮嚀萬囑咐：任何人都必須向星期五的父親或西班牙人鄭重發誓，表明自己上島之後絕對不會傷害或攻擊我，否則我就不能讓

他們上島。而且我還要他們發誓：如果有人叛變，他們一定要站在我這一邊保衛我，而且無論何時何地都必須絕對服從我的指揮。

我給了星期五的父親和西班牙人每人一支短槍，又給了他們八份彈藥，並囑咐他們必須等到關鍵時刻才能使用。除此之外，我還為他們準備了許多麵包和葡萄乾，分量足夠他們和那批西班牙人和葡萄牙人吃上七、八天。最後，我祝福他們一路順風，接著便送兩人出發了。

他們出發的時候正好是順風，據我估計，那是十月中旬月圓的日子。

# 第九章　搭救英國船長

星期五的父親和西班牙人走後的第八天，突然發生了一件出乎意料的事。

那天早晨，我在自己的海濱住所裡睡得正香。忽然，星期五一邊急匆匆地跑進來，一邊大叫：「主人，主人，他們來了！他們來了！」

我一聽，立刻從床上跳起來，然後連忙披上衣服爬出圍牆。由於當時我太激動，因此沒有攜帶任何武器就匆忙跑了出來，完全違背了我一直以來的習慣。

我朝海上望去，只見四、五海里外有一艘小船正往這邊海岸駛來。由於是順風，小船行駛得非常順暢。但我注意到：那艘小船不是從對面陸地的方向駛來，而是從我們這座島的最南端駛來的。

於是，我把星期五叫到身邊，並吩咐他緊跟著我，不准離開。因為我們現在還不清楚海上來客是敵是友。

接著，我趕緊回家拿望遠鏡、搬出梯子，然後爬上那座小山的山頂，想仔細觀察他們到底是什麼人。我一到山頂，就看見一艘大船停泊在我的東南方，離我的海濱住所大

約有七、八海里。那是一艘英國大船，而那艘小船則是一艘英國長艇。

我當時的心情非常矛盾，一則以喜一則以憂。一方面，由於我看到的是一艘英國大船，因此我完全有理由推斷船上是自己的同胞；另一方面，我心裡又產生了疑慮：這裡不是英國人貿易往來的航道，為什麼會有一艘英國船開到這裡來呢？而且，最近這一帶並沒有發生暴風雨，船不可能被刮到這裡來。

我在小山上觀望沒多久後，那艘小船就停泊在離我半英里遠的沙灘上了。幸好他們沒有將船停入河灣，否則就會在我的家門口上岸。那樣的話，他們說不定會把我海濱住所裡的所有東西通通搶光，並把我趕走，甚至殺掉。

我看出他們大部分都是英國人，因此心裡

十分高興。他們一共有十一個人，其中三個沒有武器，而且好像還被繩子捆綁著。等船一靠岸，就有五個人先跳上岸，然後把那三個人從船上押下來。我看到被押的其中一人不斷做出痛苦、憤怒和悲哀的動作，顯得非常激動，而另外兩個人也苦悶地舉起雙手。

看著這幅景象，我心中非常納悶，不知道是怎麼一回事。星期五則在一旁對我喊道：「主人，你看，英國人也吃俘虜！」

「星期五，你認為他們會吃掉那三個人嗎？」我問。

「是的。」星期五肯定地回答：「他們一定會吃的。」

「他們不會的，這我敢保證。」我說：「他們可能會殺死那三個人，但絕不會吃掉他們。」

這時，我看到一個傢伙正舉起一把腰刀，朝其中一個可憐的俘虜砍去。眼看那個俘虜就要倒下，我恨不得能用魔法神不知鬼不覺地走到他們面前，大聲怒斥這群殺人不眨眼的傢伙，並用槍結束他們的性命，再把那三個可憐的人救出來。

那些盛氣凌人的傢伙殘忍地虐待完三個俘虜後，似乎是想看看島上的環境，便四散走開了。而那三個俘虜的行動還算自由，但他們都坐在地上，一副心事重重且絕望的樣子。

那些人上岸時，正是海水漲潮的時間。現在，他們之中的一些人正在與俘虜們談判，另一部分人則在四處閒逛，因此沒有人注意到海水的變化。等到海水退潮，他們划來的小船便擱淺在沙灘上了。

本來他們有兩個人留守在小船上，但因為白蘭地喝多了，結果昏睡了過去。後來，其中一個先醒過來，看到小船擱淺，自己也推不動，就向那些四散在各處的同伴們大聲呼喊。於是，所有人都跑到小船邊幫忙，可是由於小船太重，岸邊的沙土又太鬆軟，所以不管他們怎麼使勁也無法將船推到海裡。

他們一個個都很洩氣，最後乾脆放棄了。其中一個水手還對另一個大聲說：「傑克，算了吧！別管它了！漲潮的時候，船就會浮起來了。」然後，他們又開始在島上四處遊蕩。

到目前為止，我一直把自己隱藏得非常好，除了到小山頂上進行觀察之外，我完全不敢離開自己的住所一步。想到自己住所的防禦工事非常堅固，我心裡感到很高興也很踏實。我知道那艘小船至少要過十小時才能浮起來，而到那時，天也差不多黑了，這樣我就更容易觀察他們的行動、偷聽他們的談話了。

除此之外，我也已經做好作戰的準備，隨時可以投入戰鬥。我身上穿了一件羊皮襖，

頭上戴著一頂大毛帽，腰間照常掛著那把沒有刀鞘的腰刀，皮帶上插了兩把手槍，雙肩上還各背了兩支鳥槍，模樣非常古怪嚇人。而星期五已經被我訓練成一名優秀的射手，我命令他把自己武裝起來，並給了他三支短槍。

下午兩點多的時候，天氣非常炎熱。我看到他們三三兩兩地跑到樹林裡，大概是想找個地方睡覺。反觀，那三個可憐的人正為自己的命運感到憂慮，所以根本睡不著覺，只好在一棵大樹下呆呆地坐著。他們離我大約有一百碼遠，而且其他人似乎看不到他們坐的位置。

於是，我趁著這個機會悄悄地向他們走去，星期五則遠遠地跟在我身後。我們全副武裝地出現在他們面前，樣子猙獰可怕，活像兩個怪物。

還未等他們看見我，我就搶先用西班牙語問道：「先生們，你們是什麼人？」聽到問話聲後，他們先是大吃一驚，再看到我們的古怪模樣時，更是驚恐萬分，個個愣得張大嘴巴。我看他們一副想逃跑的樣子，便急忙用英語對他們說：「各位，別害怕。我是你們的朋友，不是敵人。」

「他一定是上天派來拯救我們的！」他們之中的一個人說。

「看起來你們正處於危難之中，請允許我幫助你們。」我說：「你們上岸時的情況

我已經看見了。你們向那些蠻橫無禮的傢伙苦苦哀求，而其中一個人卻舉起刀來想要殺害你們！」

那個可憐的人渾身顫抖，激動得淚流滿面。他問：「您是人，還是上天派來的天使？」

「請你們放心吧！我是人，而且是英國人。我是來救你們的。我只有一個僕人，但我們身上都帶了武器。請你們告訴我，我能為你們做什麼？這裡到底發生了什麼事？」

那個可憐的人說道：「先生，我是那艘船的船長，而我的手下叛變了。我好不容易才說服他們不殺我。後來，他們把我、我的大副和一位旅客一起押到了這座島上。在這種荒島上待著，我們一定會餓死的。」

「你的敵人在哪裡？」我問：「他們去哪裡了？」

「他們正躺在那邊的灌木叢裡呢！」

「他們有沒有槍？」

「他們只有兩支槍，另外一支留在船上了。」

「那就由我來處理吧！我可以立刻過去把他們通通殺掉。不過，活捉是不是更好呢？」

「他們當中有兩個是十惡不赦的亡命之徒，我絕不能輕饒他們。只要把那兩個壞蛋解決了，其餘的人就會回到自己的工作崗位上。」船長說。

「先生們，」我問：「如果我冒險救你們，你們願意答應我兩個條件嗎？」

「只要把大船收復回來，我和我的船將完全聽從您的指揮。就算船收不回來，我也願意與您同生共死。」

「我有兩個條件。第一，你們在島上停留的期間，決不能侵犯我的主權。如果我給你們發了武器，無論何時何地，只要我向你們取回，你們一定要如數交還。你們不得違反我和我僕人的命令，必須絕對服從我的管理。第二，如果能成功將那艘大船收復回來，你們必須將我和我僕人免費送回英國。」

這些條件船長都一一允諾後，我交給他們三支短槍，並讓船長決定接下來該怎麼做。船長的心地十分善良，他說：「只要殺死船上那兩個造成暴動的罪魁禍首就行了，其餘的人能不殺就不殺。」

不一會兒，有兩個水手醒來了。我問船長他們有沒有叛變，他說：「沒有。」

「那好，你就讓他們逃命吧！」我說：「看樣子是老天爺有意叫醒他們，讓他們逃命的。不過，如果你讓其餘的人逃走，那就是你的錯了。」

聽了我的話後，船長深受激勵，便把我給他的短槍拿在手裡，又把一支手槍插在皮帶上。他的兩個夥伴也各拿著一支槍，跟隨他走了過去。結果，醒來的其中一個人聽到動靜，轉過身看到了他們，立刻向其餘的水手大聲呼喊。他一喊，船長他們便直接朝他開槍，當場把他打死，另一個人也被打成了重傷。受傷那人趕忙呼救，於是船長又開了一槍將他擊斃。

跟那兩個水手在一起的還有另外三人，其中一個也受了輕傷。這時，我也來到了現場。他們眼見大難臨頭，知道抵抗也沒有用，只好苦苦哀求饒命。船長告訴他們：「我可以饒恕你們，但是你們必須保證悔改，並且宣誓效忠我，幫我一起把大船奪回來。」

他們竭盡所能地向船長表示他們的忠誠，而船長也願意相信他們，並答應放過他們的命。對此我也沒有異議，只是要求船長在俘虜留在島上的期間，把他們的手腳捆綁起來。與此同時，我還派星期五和大副把小船扣留起來。不一會兒，在別處閒逛的三名水手聽到槍聲後也趕了過來。當他們看到船長已經重新掌握主權時，只能俯首投降。

我帶著船長和他的兩個朋友翻過圍牆，進入我的海濱住所，然後拿出麵包和葡萄乾招待他們，還把我這些年來製作的種種設備展示給他們看。船長特別欣賞我的防禦工事，佩服我能用一片小樹林把住宅完全隱蔽起來。我告訴他，這是我的城堡，但我像許

多王公貴族一樣，在鄉間還有一棟別墅，以後若有時間，我可以帶他們前去參觀。

不過，目前我們的首要任務是必須想辦法收復大船。船長也同意我的看法，可是他一時之間也想不出什麼好辦法，因為大船上還有二十六個人。他們既已參加了叛亂，在法律上就已犯了死罪，如果他們失敗了，回到英國後就會被送上絞刑臺，因此他們別無出路，只能奮力抵抗。

這時，我忽然想到，再過一陣子，大船上的船員如果見不到同伴回去，一定會划著大船上的另一艘長艇到海島上來找他們。要是他們還帶著武器，那火力就會遠遠超過我們。

我告訴船長，我們應該先把擱淺在沙灘上的那艘小船鑿破，並拿走船上所有的東西，迫使他們無法將它划走。於是我們一起上了小船，把船上的一瓶白蘭地、一瓶甘蔗酒、幾塊餅乾、一點火藥和一大包五、六磅重的糖通通拿走，然後在船上鑿了一個大洞，並把它推到較高的沙灘上。這樣，即使海水上漲，船也浮不起來。

正當大家在思考下一步該怎麼做時，大船上突然鳴放了一槍，並且搖動旗幟發出信號，呼叫小船回去。他們看到小船沒有任何動靜後，便把另一艘小船放下海面，小船立刻朝我們這裡划來。他們逐漸靠近，我們看到小船上載著十幾個人，而且每個人身上都

帶著槍。

大船停泊在離岸約六海里的地方，而小船上的人們正朝著第一艘小船停泊的地方划來。船長說，小船上的人之中，有三個人的為人非常老實，他們會參與叛變是因為受到他人的恐嚇。水手長是他們的頭領，他和其餘幾個人是船員中最凶狠的傢伙。因此，船長擔心他們實力太強大，我們恐怕會難以取勝。

我微笑著對他說，處於我們這種境遇的人早已無所畏懼了，反正不管結果是生是死，對我們來說都是一種解脫。我的這種態度大大地鼓舞了船長。於是，我們立即開始為戰鬥做好準備。

當我們看見他們放下小船時，馬上就想到要把之前捉獲的俘虜分散了。所以我派星期五和大副，把船長特別不放心的兩個俘虜，押送到我過去挖的其他洞穴裡。我答應他們：只要他們能安靜地待在這裡，一兩天之後就恢復他們的自由。但如果他們敢逃跑，就格殺勿論！他們保證會老老實實地被關著。於是，星期五給了他們一些食物，還給了他們幾支蠟燭（都是我們自己做的），讓他們不至於在暗無天日中備受煎熬。

其餘的俘虜受到的待遇就比較好了，當中還有兩個被船長推薦，經過我的同意後收編至我方陣營。如此一來，加上他們和船長一夥人後，我方陣容總共有七人，而且個個

全副武裝。我堅信我們一定能對付即將上島的那十幾個人，更何況船長說他們當中還有三個好人呢！

不久，小船上的人上岸了。他們跑過去前一艘小船旁邊一看，發現船上一個人也沒有，而且船底還有一個大洞，都十分驚訝。接著，他們一起連續大喊了數聲，卻沒有聽見同伴們的答覆。最後，他們又圍成一圈對空鳴槍了一輪，結果還是沒人回應。於是，他們決定讓三個人坐上小船，划到離岸邊稍遠的海面上觀察，剩下的人則留在岸上，深入島中尋找同伴。

他們的舉動讓我們擔憂不已，因為如果小船划走了，那麼就算我們把岸上的七個人都抓住，也無濟於事啊！那三個人必定會把小船划回大船，而大船上的人便會揚帆而去，那我們收復大船的希望就落空了。但現在，我們也只能靜觀其變。

上岸的船員朝著小山前進，而小山下正是我的海濱住所。因此，我們可以把他們看得清清楚楚，而他們卻完全看不見我們。他們上了山頂後，就開始賣力地喊叫，直到喊不動為止。看來，他們不願遠離海岸深入小島，也不願意彼此分散。他們坐在大樹下商討了一陣子後，忽然全部起身，朝海邊走去。這下，我們真的有點慌了。因為，他們看起來已經放棄搜尋，準備回去了。

幸好，我很快就想到一個可以引他們回來的辦法。我命令星期五和大副：立刻越過小河往西走，走到野人押著星期五上岸的地方，在半英里外的高地上大聲喊叫，一直喊到讓那些水手聽見為止。我又囑咐他們：在聽到船員的回答之後，就繼續再往前走，並且要一邊叫，一邊應和，盡可能把他們引到小島的深處，然後再回到我的住所這裡。

那些人剛要上小船，就聽見了星期五和大副的喊叫聲，於是他們馬上一邊回答，一邊沿著海岸向西跑。跑了一陣子後，他們就被小河擋住了去路，無奈只好呼叫那艘小船過來載他們過河。小船渡過河後，駛進了一個像內河港口的地方。他們從船上叫下了一個人，讓他跟他們一起徒步前行。

現在，船上只剩兩個人了。我馬上帶著我們的人馬悄悄渡過小河，朝那兩個人撲去。船長三兩下就打倒一個，另一個也馬上舉手投降。由於他是被迫參加叛變的船員之一，所以二話不說，直接就加入了我們的陣容。

星期五和大副也把任務完成得很出色。他們一邊喊，一邊回應，把那些船員從一座小山引向另一座小山，從一片樹林引向另一片樹林，不但把他們搞得筋疲力盡，還把他們引去了很遠的地方。天黑前，他們是絕對不可能回到小船上的。

星期五他們回來好幾個小時之後，那些人才回到了他們小船停泊的地方。一路上，

他們一個個叫苦連天，抱怨腳又累又疼，實在走不動了。當他們終於走到小船旁邊時，潮水已經退去，小船擱淺在小河裡，而留在船上的兩個人則不知去向。看到這幅景象，他們個個惶恐不安，拚命地喊著那兩個船員的名字。

此時，我命令大家匍匐前進，儘量將自己隱蔽好。大家向前爬了一會兒後，水手長就帶著兩個船員朝我們走了過來。那個水手長是這次叛亂的主謀，所以現在他比其他人更垂頭喪氣。船長見水手長他們已經近在咫尺，便急不可耐地與星期五一起朝他們開槍。水手長當場被擊斃；另一個人受了重傷，沒多久也一命嗚呼；還有一個逃跑了。我一聽見槍聲，便立即帶領全軍挺進。

我命令那個剛剛向我們投降的人呼喊那些船員的名字，看看能否叫他們與我們談判，並迫使他們投降。結果，我們勝利了！

他先喊了他們其中一個人的名字：「湯姆·史密斯！湯姆·史密斯！」湯姆·史密斯立即回答：「是魯賓遜嗎？」恰好那人也叫魯賓遜。

他回答說：「是我！你們趕快放下武器投降吧！船長就在我們這裡，他還帶著五十個人搜尋你們兩個小時了。水手長已經被擊斃，我也被俘虜，你們再不投降就死定了！」

「我們投降的話，他們肯饒我們不死嗎？」史密斯問。

「如果你們願意投降，我就去問問看。」魯賓遜回答。

這時，船長親自出來喊話：「史密斯，只要你們放下武器投降，我就饒你們不死，只有威爾．阿金斯除外。」

威爾．阿金斯聽了船長的話，立刻大叫：「船長，請饒恕我吧！我做了什麼？他們都和我一樣壞呀！」

然而，事實並非如此，因為在叛亂時，正是這個威爾．阿金斯出手把船長抓起來，而且對待船長的態度既粗暴又蠻橫無禮。

船長對他喊道：「快把武器放下！聽候總督處置！」船長說的總督就是我，現在他們都叫我總督。

最後，那些叛亂分子全數棄械投降，並苦苦請求饒恕。我派魯賓遜和另外兩個船員把他們通通綁起來，我和我的五十大軍（其實總共才八個人）就將他們和小船一併扣押起來。

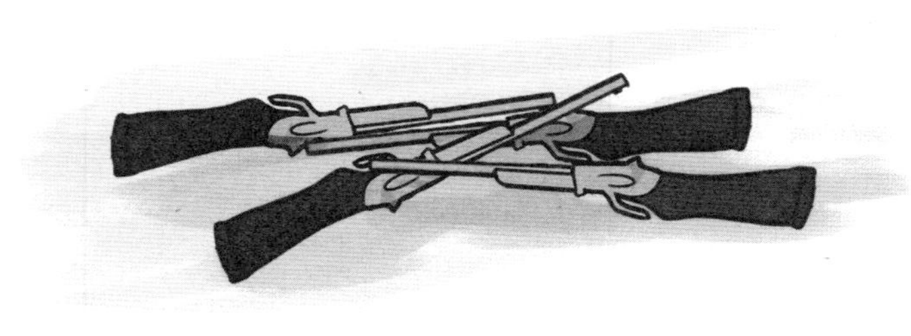

# 第十章　重返故土

我們下一個重要任務就是：把那艘鑿破的小船修好，並設法把大船奪回來。與此同時，船長也與那幫人進行了談判。他說，他們不是他的俘虜，而是島上英國總督的俘虜。他還告訴他們，總督下令：明天早晨要把阿金斯絞死。

這些話雖然都是船長編出來的，可是沒想到卻達到很好的效果。阿金斯跪在船長面前苦苦哀求，希望船長和總督能饒他一命。其他人也紛紛向船長求饒，請他不要把他們送回英國。

這時我靈機一動，決定把這幫人拉攏過來，讓他們一起參與收復大船的行動。我把計畫告訴船長，他非常贊同，並決定第二天就執行。

但是，為了讓計畫能夠一舉成功，我們必須將俘虜分開處理。首先，我派星期五、大副和旅客把阿金斯和另外兩個最壞的傢伙綁起來，送到拘留另外幾個人的洞穴裡。然後，我又讓他們把其餘的俘虜送到我的鄉間別墅裡。那裡有堅實的圍牆，而且俘虜們都被綁著，因此把他們關在那裡絕對萬無一失。

隔天一早，船長就去與俘虜們談判，以確保讓他們能義無反顧地參與行動。船長對他們說：「雖然總督現在饒你們一命，可是一旦把你們送回英國，你們還是會被判以鐵鍊絞死。不過，如果你們肯參加收復大船的正義行動，我會請求總督赦免你們的死罪。」結果可想而知，他們一起跪倒在船長面前拚命哀求，並且發誓永遠效忠船長，願意追隨他到天涯海角。

「好吧！」船長說：「我

現在就去向總督彙報，盡力勸他寬赦你們。」

不過，為了保險起見，我讓船長再次回到我的鄉間別墅，請他從七個俘虜當中選出五人成為他的助手。剩下的兩人則留下來，和被拘留在洞穴中的三人一起當人質，如果那五人在執行任務的過程中，有任何不忠誠的表現，這些人質就會被以鐵鍊絞死。

參與這次收復大船行動的一共有十二個人：船長、大副、旅客、第二批俘虜中的兩名船員（我早已聽從船長的建議，恢復了他們的自由）、另外兩名船員（原本被關在我的鄉間別墅裡，經船長認可後被我釋放），以及五個最後挑選出來的人。

由於島上還有七名俘虜，所以我和星期五不能離島。於是，船長便帶領他的人前去收復大船，而我則派星期五一天給人質送兩次食物。

船長把留在沙灘上的那艘小船的破洞補好後，便指定旅客擔任這艘小船的船長，並讓他帶上四名船員；船長自己則與大副以及另外五名船員登上另一艘小船。他們的航行很順利，半夜時就已抵達大船。

當他們划到能夠向大船喊話的距離時，船長就命令那個叫魯賓遜的船員與大船上的船員打招呼，通知他們小船回來了。他們一邊打著招呼，一邊將小船靠攏。小船靠上大船後，船長和大副就先帶槍登上大船。一上船，他們就出其不意將二副和木匠撂倒。緊

接著，他們又把甲板上的其他人全部制伏，並關緊艙口，把船艙底下的人通通關在下面。這時，第二艘小船的人馬也沿著船頭的鐵索爬上來，占領了船頭和通往廚房的小艙口，並俘虜了廚房裡的三名船員。

最後，船長命令大副帶三個人去艉樓甲板室逮捕那個當了新船長的叛徒。然而，那個新船長已經獲報消息，而且他身邊還有兩名武裝的船員及一位小跟班，所以當大副衝進甲板室時，新船長和他的手下們便瘋狂地朝他開槍。結果，子彈打中了大副的手臂，也打傷了其他兩人。大副雖然受了傷，但還是奮不顧身衝進船長室，朝新船長開了一槍，將他當場擊斃。其餘的人看到這一幕，也就紛紛投降了。

大船收復後，船長便即刻下令對空鳴槍七聲。這是我們約定好的信號，用以表示他們成功了。聽到這個信號時，我是多麼地高興呀！因為我晚上就坐在岸邊等候這個信號，差不多一直等到了半夜兩點鐘。聽到信號後，如釋重負的我倒頭就睡了，直到又有一聲槍聲將我從睡夢中驚醒。

「總督！總督！」不久後我聽到船長的叫喊。我一聽是船長的聲音，立刻爬上小山頂一看，果然是他。

「我們成功了！」他一邊說著，一邊緊緊地摟著我的肩，「我親愛的朋友，我的

救命恩人，這是你的船！你的船！我們這些人和船上的一切也都是你的！」

我看到大船停泊在離岸邊不到半英里的地方。原來，船長他們收復大船後，見天氣晴朗，便收起了錨，把船開到小河口上。這時正好漲潮，船長就把長艇划到我當初擺放木筏的地方靠岸。

這突如其來的驚喜讓我分外激動，興奮得差一點要暈倒在地，因為這時我才恍然大悟：我終於可以離開了！這艘大船可以把我送到任何我想去的地方！船長見我如此激動，馬上給我喝了幾口從大船上帶

來的提神酒。這幾口酒使我鎮定了不少，但我還是過了好一陣子才說得出話來。

船長告訴我，他從大船上為我帶來了許多禮物。他朝小船那處高呼了一聲，吩咐船員把要獻給總督的東西搬上岸來：有一箱高級的提神酒、六大瓶馬德拉白葡萄酒、兩磅上等煙葉、十二塊頂級的牛肉乾、六塊豬肉、一袋豆子和一百磅餅乾，還有一箱糖、一箱麵粉、一袋檸檬、兩瓶檸檬汁和許多其他東西。除此之外，他還替我帶來了六件新襯衫、六條上等領巾、兩副手套、一雙鞋、一頂帽子、一雙長襪，以及一套西裝。對於我這種處境落魄的人來說，這簡直是一份慷慨的禮物。

等他們把禮物都搬進我的住所後，我便開始和船長商議如何處置俘虜的問題，我們必須考慮是否要冒著風險將他們一起帶走。船長說：「他們之中有兩個是無可救藥的惡徒，絕不能饒恕！」我告訴船長：「如果你同意，我可以說服那兩個人，讓他們自己提出留在島上的請求。」

過了一會兒，我穿上新衣服，以總督的身分出現在那五名人質面前。我告訴他們，船長只能把他們當作囚犯帶回英國，並以謀反的罪名交給政府審判，其結果必然是送上絞刑台。要是他們想保住性命，就只有留在島上這個辦法了。如果他們同意，我可以饒他們不死，並准許他們留在島上自力更生。他們對此表示感激，紛紛表態：「寧可留在

孤島上，也不願意回英國受死。」

於是，我釋放了他們，還把我在島上的生存方式告訴他們。首先，我講解了島上的地理與自然環境；接著，我帶他們看了我的海濱住所和鄉間別墅，並傳授他們種莊稼、做麵包、晒製葡萄乾的訣竅；最後，我還把如何飼養山羊的方法教給他們，其中還包括如何擠羊奶、做奶油、製作乳酪等。總之，凡是能夠使生活過得安逸舒適的方法，我都毫無保留地告訴他們了。

我把所有的武器都留給了他們：包括五支短槍、三支鳥槍、三把刀，還有一桶半的火藥。我還把船長送給我的一袋豆子也留給了他們，並囑咐他們把這些當作種子播種下去。

最後，我還不忘告訴他們，過一段時間，對面大陸上的十六個西班牙人和葡萄牙人也會到島上來，到時他們必須一視同仁地對待那些人。除此之外，我也給那西班牙人留了一封辭別信。

離開小島時，我把自己縫製的那頂羊皮帽和羊皮傘，還有我的鸚鵡都帶上了船，以留作紀念。

根據船上的日曆，我在一六八六年十二月十九日離開了這座島。我在島上一共住了

二十八年兩個月零十九天，而我第二次遇難獲救的這一天，恰好和我第一次從摩爾人手中逃出來的日子─同月同日。

我搭乘的這艘大船行駛了半年多，終於在一六八七年七月十一日抵達英國。算起來，我已經離鄉三十五年了。

返抵英國後，我先去找那位替我保管存款的恩人，不過她的遭遇非常不幸，改嫁之後又成了寡婦，境況十分悲慘。為了報答她以前對我的關心和忠誠，我便盡自己微薄的財力給了她一點接濟。

後來，我去了約克市。我的父親和母親都已經過世，最後，我只找到了我的兩個妹妹和我一位哥哥的兩個孩子。由於大家都以為我已經不在人世，所以沒有替我留下半點遺產。而我現在身上也只有一點錢，根本沒辦法成家立業。

在我這樣窘迫的時候，萬萬沒想到竟然有人感恩圖報。那個人，就是在島上收復大船的英國船長。由於當初我的意外搭救，不僅救回他一命，也救回了他的船和船上所有商主的貨物。回到英國後，船長隨即將我搭救的來龍去脈告訴其他商主。他們聽完後，便極力邀請我前去會面。他們對我的英勇行為大大讚揚了一番，並致贈了我兩百英鎊作為酬謝。

後來，我決定去一趟葡萄牙的首都里斯本，看看還能不能找到那位對我有救命之恩的葡萄牙船長，並打聽我在巴西的種植園情況。當我這樣東奔西走時，星期五一直忠誠地跟隨在我左右，是我最忠實的僕人。

到了里斯本後，經過一番打聽，我終於找到那位老船長。船長年事已高，早就不航海了。他讓兒子接任船長的位置，而他兒子如今也已近中年。

當我見到老船長時，他已經不認得我的容貌。但等我告訴他我是誰後，他就馬上記起來了。老人家告訴我，他已經有九年不曾到巴西去了，但他可以肯定自己離開那裡的時候，我的代理人仍在世，而且我的種植園仍持續在經營。不過，由於大家都確信我已經在海難中喪身，便將我的財產上繳給國庫了。但是，如果我平安歸來，或有人申請合法繼承我的遺產，我的財產就能夠發還給我或繼承者。而且他還告訴我，我的代理人在政府的監督下，都會把種植園每年的收入整理成一份詳細的帳目，並把我應得的獲利上繳。

聽了這些話，我納悶地問他，既然我立了遺囑，指定他作為我種植園的繼承人，為什麼後來是交給代理人處理呢？老船長的解釋是，由於我的死亡一直無法獲得確切證實，所以我立下的遺囑並無法被執行。

後來，在這位善良老人的幫助之下，我順利地聯繫到了我在巴西的代理人。他不但給了我一封開心見誠的信，恭喜我還活在人世，還誠實地向我彙報了我們產業每一年的生產狀況和收益金額，並託人將我的全部財產折算成黃金運到里斯本。

現在，我成了一個擁有五千英鎊的大富翁，而且我在巴西的種植園還能讓我每年有一千英鎊以上的收入。

現在，我要做的第一件事情就是報答我當時的救命恩人，也就是那位好心的葡萄牙老船長。我要將我的財富與他分享，於是我立下一份委託書：老船長在世時，我將從每年的收入中送給他一百葡萄牙金幣；在他死後，則每年送給他的兒子五十葡萄牙金幣。

接著，我還想到了我在倫敦的存款保管人。我拜託一位里斯本商人替我找到她，並讓他把我開的一張支票兌換成現金後親自交給她。我還請他轉達：只要我還在人世，就一定會繼續資助她。

另外，我還給我那兩位住在鄉下的妹妹每人寄了一百英鎊。雖然她們並不貧困，但生活情況也不太好：一個結了婚，但後來成了寡婦；另一個則是與丈夫感情不睦。我希望這些錢對她們多少能幫上忙。

等事情都辦妥，我便準備回英國了。可能由於我的航行經驗一直發生不幸，所以

這次我堅決不搭船，而是選擇搭乘陸路交通工具。

在歷盡艱辛之後，我終於在一六八九年一月十四日安全抵達英國。我們在旅途中度過了一個最嚴寒的冬季，還經歷了與野狼和大熊的搏鬥。星期五跟隨我體驗了凜冽的寒風及冰天雪地，這些遭遇在他以前的生活裡從來不曾出現，因此，這趟旅程可說是讓他增廣見聞了不少。

回國後，我便在國內定居結婚，並生了三個孩子：兩個兒子和一個女兒，可是不久之後，我的妻子就過世了。這時，我的侄子正好從西班牙航海回來，而且獲利頗豐，這使我又再次燃起了出海的欲望。

一六九四年，我以私人客商的身分，搭乘

我侄子的船去了東印度群島。在這次的航行中，我回到了我的海島，探望了住在島上的西班牙人和那幾個叛變的船員。

我在島上逗留了大約二十天，並給他們留下了各種生活用品，特別是槍枝彈藥、衣服和一些工具，以及我從英國帶來的木匠和鐵匠。另外，我還把海島的領土加以劃分後，分配給他們使用，而我自己則保留了整座島的所有權。安排好土地的歸屬問題後，我再一次離開了我的王國。

站在船上望著漸漸遠去的海島，我不禁回想起在島上度過的二十八年歲月，心裡激動不已，忍不住熱淚盈眶。我想，只要我還活著，我就一定還會再回來，再次回到這片自己曾經生活和辛勤勞作過的土地……

# 專文導讀

陳蓉驊
前南新國小資深閱讀推動教師

《魯賓遜漂流記》是丹尼爾·狄福五十九歲時寫的第一部小說，也是英國文學史上第一本長篇小說，狄福因此被視作英國小說的開創者之一。這部冒險犯難的經典小說，從一七一九年出版以來就一直深得人心，引人關注。故事以航海、船難、荒島、食人族等為素材，一幕幕驚險刺激的荒島求生記，三百年來讓各世代的讀者津津樂道。主角魯賓遜努力求生存，展現了超乎常人的智慧與勇氣，讓讀者沉浸於高潮迭起的故事情節時，

作者，丹尼爾·狄福畫像 *1

不由得崇敬起他在荒島上創造的奇蹟：重建「文明」。

作者丹尼爾．狄福這位三百多年前生於英國的屠戶之子，究竟具有什麼樣的特質與魅力，竟能撰寫出如此精采絕倫且風靡古今、歷久不衰的故事？或許我們透過丹尼爾．狄福的真實人生便能看到魯賓遜．克魯索的影子。

**不比主角遜色的作者—丹尼爾．狄福**

翻開歷史來看，十七世紀的英國工商業發展迅速，海外貿易蓬勃發展，是當時世界上最強盛的殖民帝國之一，但其國內社會黨派鬥爭激烈，宗教矛盾尖銳。狄福本身是一個有進取心敢說敢為的人，他出生在這樣的時代背景中，人生充滿起落，逆境也磨練出他勇敢堅毅的性格。

17 世紀船隻畫作 *2

青年時的狄福，充滿雄心壯志與膽量。他曾經商，但因時局不利，英法之間的戰爭毀掉了他的貿易事業，還因債務被捕入獄。他被釋放後，仍到各地做生意，甚至創辦了一家瓷磚工廠，可惜依舊經營不順利。

婚後第二年，二十五歲的他開始加入政治活動，先是反抗當時的英國國王，後成為新任國王威廉三世的親信。三十七歲開始透過寫作，提出一些改革的建議及對威廉三世統治的支持。安妮女王登基後，他仍維持先前的立場，撰寫出更多的文章和詩歌，抨擊時政。就這樣，狄福被逮捕了！他被判入獄六個月，並需帶枷遊行三天。然而，在遊行過程中，民眾向他投來的不是石塊而是鮮花，並舉杯祝福他身體健康，將其視為英雄。

在這時，狄福的命運有了大逆轉。托利黨首領羅伯特．哈利（Robert Harley）非常欣賞他的才華，幫助他重獲自由。而且在哈利的支持下，四十四歲的狄福創辦了《法國時事評論》刊物，創作出《颶風》一書。此後，狄福一直致力於社會、經濟、政治等方面的寫作。一七一九年他根據水手亞歷山大．塞爾柯克的部分經歷和自己的構思，完

威廉三世畫像 *3

成了此生最著名的作品《魯賓遜漂流記》。小說大受歡迎，一年之內竟然印刷了四版，且至今仍被世界各地人們所閱讀。

狄福的其他主要小說作品有一七二〇年完成的《辛格爾頓船長》和一七二二年的《摩爾．弗蘭德斯》，除此之外，他還寫了大量的小冊子與新聞報導。一七二二年法國馬賽發生瘟疫時，狄福出版了以一六六五年倫敦大瘟疫為內容的《大疫年日記》，迎合了當時市民關注的議題，因此頗受歡迎。

亞歷山大·塞爾柯克雕像 *4

回顧丹尼爾．狄福動盪不安、波折起伏的一生，我們看到的是他肯拼、肯努力的性格。他沒有讀過大學，但他的一生做過商人、政治評論家、作家、新聞家、宣傳家，寫了五百多部作品，還推動經濟類刊物的出版。

而小說中的魯賓遜也像作者狄福一樣，曾到外地經商。魯賓遜受到船長的協助，到巴西經營一塊甘蔗種植園，在那裡獲得了很好的收益。流落荒島後，他那堅毅、充滿勞動熱情的硬漢性格，改善了原本匱乏的生活，在逆境中為自己謀得一線生機。不得不說，

小說中的魯賓遜是作者狄福的真實寫照，魯賓遜所經歷的艱難困苦暗喻了作者在現實生活中的經歷。

如果說，魯賓遜在荒島上與原始、野蠻和匱乏的抗爭過程精采絕倫，那麼，他的作者丹尼爾．狄福，在現實世界中每一次大大小小的挫折與堅持，也堪稱動人心魄。他沒有因命運的坎坷而屈服，始終保持昂揚的鬥志，堅持自己的理想和立場。也許正是這樣的狄福，妻子愛他，市民敬他，友人支持他，而讀著《魯賓遜漂流記》的我們，也永遠記得他。

## 魯賓遜的心理變化——從生存的渴望到文明的重建

剛流落荒島時，魯賓遜想起葬身大海的同伴，不僅劫後餘生的喜悅蕩然無存，更感到前途渺茫，但對死難的悲傷並沒有持續很久，生存的渴望讓他明白，他需要食物、生活必需品及安全的住所。

磨糖的機器 *5

接下來幾年的日子裡，他透過製作工具、建造住所、耕作畜牧，過著自給自足的生活。只是，當他將生活安排妥當後，孤獨、淒涼、寂寞、無助、前景黯淡的感覺隨即一湧而上。

於是，生理物質上的需求獲得滿足後，他開始有了需要精神糧食的念頭。為了讓自己振作起來，他把當前的「福與禍」一一加以比較，且開始籌劃如何做更好的安排，以改善自己的生活。他也開始寫日記，創造出一個對話的「朋友」。

內頁插圖，1842 年版本 *6

內頁插圖，1842 年版本 *7

心境有了轉變之後，生活也開始出現了驚喜，讓沒有任何信仰的魯賓遜開始認為—這是上天賦予他生存的奇蹟！而一場幾乎奪去他性命的瘧疾，更讓他徹底感恩並明白了冥冥中上天自有安排。只能說，當人在面臨生死存亡且求助無門之際，往往只能寄託於奇蹟的出現，這時，心靈上的信仰寄託就顯得比身外之物更重要了，這是屬於更高層次的需求。

度過了人生危機，生活過得愜意與滿足時，魯賓遜又產生了其他的渴望：有家人的陪伴。於是他訓練小鸚鵡說話，幫牠取名字；馴服小山羊，讓牠乖乖跟隨他。

他甚至整天思考著如何尋找自己的同類。他心裡明白，若想擺脫孤島生活，唯一的辦法就是靠一個野人協助。他需要一位幫手—而上天聽到了他的心聲，給了他機會拯救即將被野人屠殺的俘虜，也就是小說中除了魯賓遜本人之外最重要的角色—星期五。野人「星期五」忠厚老實，性格活潑開朗，樸素勇敢，且充滿感恩之心，是個既聽話又可愛的助手，魯賓遜很喜歡他。在孤島上的後半段生活，以及最終重返文明社會，魯賓遜都離不開「星期五」的幫助。

但「星期五」食人的習慣與魯賓遜的道德標準有巨大的衝突，讓魯賓遜深惡痛絕，他認為同類相食是喪失人性的行為，不允許「星期五」這麼做，並幫助他戒掉了吃人的壞習慣。

科羅威部落食人族族人 *8

魯賓遜這位貴公子落難荒島後，從

單純對生存的渴望，到需要精神糧食的慰藉，再到心靈信仰的需求，最後馴服了「星期五」的野性，呈現的是一步步「重建文明」的腳步，從野蠻進入文明的漫長過程，完全看出了人類演進的脈絡。

## 發現《魯賓遜漂流記》的嶄新意義

魯賓遜說：「和以往一樣，我懷著虔誠和感恩的心情，度過這個周年紀念日。與當初上島時相比，現在我不僅生活舒適，而且心情安逸。我已學會多看自己生活中的光明面，少看黑暗面；多想自己所得到的享受，少想缺乏的東西。」

荒島上的生活條件艱難，時時受野人野獸威脅，但魯賓遜從不怨天尤人，他堅強樂觀、愈挫愈勇，用盡所有的力量改變周遭一切，也找到自我生命的價值。魯賓遜讓我們明白，無論經歷何等險阻，包括生命的無助與孤寂，都要堅信自己、堅定信仰，努力創造自己的價值。

魯賓遜的故事有太多值得探究的含意，請打開《魯賓遜漂流記》，去發現「孤獨」與「自由」、「野蠻」與「文明」、「夢想」與「冒險」的嶄新意義吧！

# 溫故、發想、長知識

1 魯賓遜的父親並不贊同孩子出海，在教育上採取了那些方法？

2 如果你流落到荒島，你前三天有什麼打算？

3 以下有很多東西，選三樣讓你在荒島度過一個月，你會如何選擇？

A開山刀　B漫畫書　C一隻小狗　D打火機　E帳篷　F淨水壺　G繩索

H床　I手電筒　J牙刷　K泡麵　L野外求生書籍　M鏟子　N急救箱

4 野人「星期五」因為什麼原因才流落到荒島？

5 魯賓遜與船長如何處置叛亂的船員？

6 魯賓遜一共在荒島度過了幾年？

7 在遇到野人星期五之前，魯賓遜沒有能夠說話的對象，若是你，你會怎麼排解寂寞？

8 在人類還沒發明飛機之前，要橫跨大海都是船運，你喜歡哪一種交通方式？

解答：P.143

# 照片來源：Wikimedia Commons

1. 本書作者，丹尼爾・狄福畫像
   作者：不詳（但疑似 Godfrey Kneller 的風格）
   日期：17/18 世紀
   來源：http://www.nmm.ac.uk/collections/displayRepro.cfm?reproID=BHC2648，收藏於倫敦國家航海博物館（National Maritime Museum, London）。
   授權許可：作品屬於公共領域。

2. 17 世紀船隻畫作
   作者：Wenceslaus Hollar
   日期：不詳
   來源：掃描自多倫多大學 Wenceslaus Hollar 數位列館藏（University of Toronto Wenceslaus Hollar Digital Collection）
   授權許可：作品屬於公共領域。

3. 威廉三世畫像
   作者：Godfrey Kneller
   日期：1680 年
   來源：historicalportraits.com，目前收藏於蘇格蘭國立肖像美術館（Scottish National Portrait Gallery），編號：PG2788。
   授權許可：作品屬於公共領域。

4. 亞歷山大・塞爾柯克雕像
   作者：Sylvia Stanley
   日期：2009 年 9 月 23 日
   來源：個人作品
   授權許可：我，此作品的版權所有人，特此在以下許可下發布，本文件採用知識共享署名 - 相同方式共享 3.0 Unported 許可協議授權。

5. 磨糖的機器
   作者：Guilherme Piso
   日期：1648 年
   來源：傳真版的《巴西自然歷史》（História Natural do Brasil），由國家出　版社（Companhia Editora Nacional）於 1948 年出版。
   授權許可：作品屬於公共領域。

6. 《魯濱遜漂流記》內頁，1842 年法文版
   作者：Louis-Henri Bréviere
   日期：1842 年
   來源：Avventure di Robinson Crusoe. djvu（此內頁插畫起源於以上檔案或由以上檔案

   授權許可：作品屬於公共領域。

7. 《魯濱遜漂流記》內頁，1842 年法文版
   作者：Louis-Henri Bréviere
   日期：1842 年
   來源：Avventure di Robinson Crusoe. djvu（此內頁插畫起源於以上檔案或由以上檔案加以編輯而成）
   授權許可：作品屬於公共領域。

8. 科羅威部落食人族族人
   作者：710928003（flickr 用戶）
   日期：2006 年 7 月 22 日
   來源：Korowai Tribesman
   授權許可：此文件根據 Creative Commons Attribution 2.0 Generic 許可協議授權。

# 答案

1 魯賓遜父親將他送去寄宿學校，學習法律。

2 無標準答案，好好地想想吧！

3 給出你的理由吧！無標準答案。

4 戰爭期間遭敵方俘虜。

5 留在荒島，自力更生。

6 二十八年。

7 無標準答案，好好地想想吧！

8 陸海空各有優缺點，說出你的看法。

世紀名家：荒島漂流 / 丹尼爾．狄福 (Daniel Defoe) 作．-- 初版．-- 桃園市：目川文化數位股份有限公司，2023.09
144 面；15x21 公分．--（世紀名家；3)
譯自：Robinson Crusoe
ISBN 978-626-97050-8-5(平裝)

876.59　　112014440

世紀名家系列 003

**世紀名家 荒島漂流**

ISBN 978-626-97050-8-5 書號：CRAA0003

作　　者：丹尼爾．狄福 Daniel Defoe
主　　編：林筱恬
編　　輯：徐顯望
插　　畫：李豐裕 （赤城工作室）
美術設計：巫武茂
出版發行：目川文化數位股份有限公司
總 經 理：陳世芳
發　　行：劉曉珍
地　　址：桃園市中壢區文發路 365 號 13 樓
電　　話：(03) 287-1448
傳　　真：(03) 287-0486
電子信箱：service@kidsworld123.com

法律顧問：元大法律事務所
印刷製版：長榮彩色印刷有限公司
總 經 銷：聯合發行股份有限公司
地　　址：新北市新店區寶橋路 235 巷 6 弄 6 號 4 樓
電　　話：(02) 2917-8022
官方網站：www.aquaviewco.com
網路商店：www.kidsworld123.com
粉 絲 頁：FB「目川文化」
出版日期：2023 年 9 月
定　　價：350 元



**建議閱讀方式**

| 型式 | 圖圖圖 | 圖圖文 | 圖文文 | | 文文文 |
|---|---|---|---|---|---|
| 圖文比例 | 無字書 | 圖畫書 | 圖文等量 | 以文為主、少量圖畫為輔 | 純文字 |
| 學習重點 | 培養興趣 | 態度與習慣養成 | 建立閱讀能力 | 從閱讀中學習新知 | 從閱讀中學習新知 |
| 閱讀方式 | 親子共讀 | 親子共讀<br>引導閱讀 | 親子共讀<br>引導閱讀<br>學習自己讀 | 學習自己讀<br>獨立閱讀 | 獨立閱讀 |